HISTOIRE
ADMIRABLE DV
MARTYRE DE S.t
CVCVPHAS.

PAR

I. le Clercq Official
en l'Exemption de S.t
Wallery sur Somme.
et Curé de S.t Pair
en Caux.

Mirabilis Deus in sanctis
suis. Psal. 6.

Avec approbation.

S. CVPHAS · · · S. FELIX

A ROVEN
Chez David Ferrand
1633.

A HAVT, ET
PVISSANT SEIGNEVR
MESSIRE
PIERRE D'ESPINAY
CHEVALIER, SEIGNEVR
du Boisgrout, Vicomte, de
Buffon, & Rosandale, Gen-
til-Homme ordinaire de la
Chambre du Roy, Seigneur,
& Patron de Sainct Paër, les
Vuifs, Trubleuille, Espinay,
Montihard, du fief Léau, du
Port Pinchey, & Iocourt, &c.

MONSIEVR,

C'estoit trop peu, pour le
Iuste ressentiment que l'ay des estroites

ã 2

EPISTRE.

faueurs dont vous m'obligez ; de vous
auoir c'y deuant dedié ma personne, dans
les fonctions ausquelles me porte la char-
ge Pastoralle, qu'ils vous à pleu me donner en vostre Paroisse, de sainct Paër :
ma voix, n'estoit qu'un bien petit organe
de mes pensées, allors qu'elle vous pro-
testa de la fidelité de mon ame , en
tous les deuoirs que ie vous dois ; &
ie diray , que ce tesmoignage particulier , auec toute la sincerité qui l'ac-
compagnoit , m'a tousiours semblé , ne
m'auoir deschargé qu'à demy , de la volonté qui me porte à des veux plus grands
enuers vostre merite. C'est pourquoy,
rencontrant desormais vne occasion, fauorable, pour vous faire voir, combien
ie suis prest d'aduoüer aux yeux de tout
le monde , ma redeuance en vostre endroit : I'ay voulu que ma plume en fist
vne publication solemnelle; affin de vous

EPISTRE.

faire paroiſtre, que ſi par vos ſingulie-
res faueurs, vous me contraignez à
mourir ingrat, de meſme que jadis
l'affranchi de Ceſar, auquel il fut impoſsible, en toute ſa vie, de ſe pouuoir
iamais deſgager, de trop d'obligations
dont ſon Maiſtre le combla; au moins,
i'auray ceſte ſatisfaction dās mon eſprit,
d'auoir employé tout mon poſsible, pour
vous faire cognoiſtre le deſir que i'ay de
ne l'eſtre iamais.

Il eſt vray, que ma plume, eſt de
trop débile trempe, & mal taillée, pour
tirer vn ouurage digne de vous eſtre
offert, & capable d'attirer vos yeux à
ſa lecture, pour donner à voſtre eſprit
quelque eſpece de contentement qui luy
aggrée; mais comme il eſt vray que tous,
nous ne pouuons pas toute choſe en perfection; ie me perſuade que voyant aſſez
clairement ce que ie peux, vous le pren-
drez pour ce que ie dois.

ã 3

EPISTRE.

C'est l'histoire Admirable du Martyre de S. Cucuphas, un des Patrons de vostre Eglise que ie vous presente, habillée à la Françoise ; à laquelle ie n'ay contribué que ce peu d'ornement, que nostre langue nous peut fournir ; & l'enchassure de quelques traits considerables, pour faire admirer d'auantage les occurences diuerses qui s'y rencontrent.

Entre autre sujet que i'eusse peu choisir pour donner de l'essor à mes pensées, ceste Hystoire m'a semblé plus conuenable & vous appartenir de bonne raison ; puisque le sujet en est tout Noble & vertueux, & que de mesme vostre ame, qui est de pareille estoffe, fait estat d'acquerir la gloire (vif aiguillon de la Noblesse) moins par les efforts de l'espée, que par les actions de la vertu. Et comme les choses spirituelles, souffrent une inferieure relation auec les temporelles, qui doutera qu'estant le Patron temporel de ceste Eglise, vous ne desirassiez cognoistre plus amplement que personne, la vie, & les merites de ce glorieux Martyr, qui en est vn spirituel?

Mais vous ne penserez pas en l'admirant, que nous vous regardons auec des yeux desià rauis de voir en vostre bon naturel des inclinations pareilles, qui vous peuuent esleuer vn iour à vne perfection toute semblable? car comme ce ieune Seigneur se rendit dans le monde autãt admirable par la profession des lettres, que par les beaux & nobles exercices pratiquées des personnes de sa qualité, nous voyons bien que vous estes passionnément animé pour les vnes, & tres adroit pour les autres. D'auantage, cõme le zelle de la Religion Chrestienne, & l'amour extréme de l'aduancement

à 4

EPISTRE.

e la Foy de Jesus Christ, le porta dans les œuures de misericorde, pour secourir les fidelles oppressez sous les persecutions de la Tyrannie ; on voit euidément, que vous estes aussi porté à faire bien à tout le monde, que vous n'auez pas de plus douces pensées, que celles que la Charité, Royne des vertus, vous inspire, & que vous tenez ceste opinion couchée dans l'Escriture Saincte, pour tres-honorable qui dit y auoir vn bon-heur bien plus grand de donner, que de receuoir.

Act. 20. 35.

Il semble que vous ayez le sentiment d'Alexandre le Grand, Prince affamé de gloire, lequel sçachant combien la pratique de ceste liberale vertu luy en acqueroit, ne demandoit qu'à conquerir, & enquis, pourquoy il alloit ainsi rauageant tout, pour enrichir (disoit-il) mes ennemis de leurs propres despoüilles, & mes amis d'honneur &c de

Plutar.

commandemens : mais comme on luy demanda en suitte qu'elle part il s'en reseruoit ; nulle autre (dit-il) que la ioye, & l'honorable contentement d'auoir beaucoup donné.

Ie veux croire aussi que vous desirez marcher de mesme train que l'Empereur Titus , lequel pensoit ordinairement auoir perdu la iournée en laquelle il n'auoit fait aucune liberalité , bien dissemblable à ceux qui pensent auoir inutilement passé le iour auquel il n'ont fait amas d'aucune chose, de droit , ou d'iniustice.

Qui doute , qu'en continuant dans de si belles dispositions , où la vertu vous meine par la main , vous n'obligiez en fin les hommes , & les Anges , le Ciel mesme & tout le Paradis , de vous benir & parler de vous , auec des termes aprochans des loüanges d'vn S. Martin ,

qui se descouurit pour couurir vn pauure;
puisque les incommoditez d'autruy vous
sont beaucoup plus sensibles que ne seroiēt
les vostres, si vous en pouuiez souffrir
aucune ?

Outre cela, i'admire encor vne douceur aussi traictable que charitable, vne
douceur Agneline, affable, colombine,
laquelle est si particulierement attachée
à vostre personne, qu'il est impossible de
n'en rien dire, encore que ie sçache que
rien ne vous plait moins que la loüange;
mais il me semble que ie ne dois pas
craindre d'estre vn peu moins aggreable
pour ne faire tort à la verité, qui doit
sortir de la bouche d'vne personne de ma
profession sans flatterie.

Ie ne dis pas vne partie de ce que
vous estes; non plus que ie ne peux at-
teindre à la cognoissance parfaite de ce
que vous meritez: Mais ie sçay bien

EPISTRE.

que vous portez en tiltre, les nobles or-
nemés de la vertu de vos Anceſtres, ſur
le Cœur le picquant aiguillô de l'Hôneur,
& au front la gloire de leurs plus illuſtres
trophées. Si bien que (comme il eſt permis par l'ongle de iuger du *Lyon*) ie
voy que tout le monde attent de vous,
que vous les ſurpaſſerez de bien loing,
puiſque on remarque en la ieuneſſe de
vos ans, que vous touchez deſia du doigt,
à la perfection ; de laquelle il vous ont
laiſſé la pourſuitte afin de l'eſtendre bien
toſt , iuſques au comble d'vne gloire infinie.

L'exemple du bien-heureux *Cucu-*
phas, n'a pas de petits motifs pour vous y
pouſſer, & ſon merite de petits effets pour
vous y conduire ; mais ce ſera d'autât plus
parfaictement, que de vous meſmes, vous
eſtes tout porté aux deſſeins de n'entreprendre iamais que des choſes difficiles,

EPISTRE.

& conformes à la grandeur de voſtre courage, pour arriuer à la iouïſſance des Lauriers & des Palmes, de celles qui ſont excellentes & glorieuſes.

Vous verrez que ce ieune Seigneur ſe perſuada touſiours qu'il n'y auoit rien de grand au monde, que de fouler aux pieds les fauſſes grandeurs, en deiſians les vertus. Vous verrez qu'il n'eſtima rien de ſi bas que ſes qualitez propres, cependant il n'y a rien de plus releué que ſon merite, il eſt abbaiſſé dans les tourmens, Dieu le releue par ſes ſupplices; les Tyrans coniurent ſa mort : le Ciel eſpouſe ſa querelle, comme il à fait celle de la Foy, on le veut diffamer d'eſtre Chreſtien; & c'eſt de là qu'il tire le plus grand ornement de ſa gloire, on n'eſt grand deuant Dieu qu'à proportion de ce qu'on endure pour luy, voyez comme la Tyrānie ſe trompe, elle penſe eſteindre ſa

EPISTRE.

mémoire, en luy faisant aualer la teste,
& ceste action le releue si haut, qu'elle en
fait vn Martyr, & vn grand Sainct
du Paradis.

Comme sans doute l'humilité que vous
suiuez, en toute chose, la douceur, & la
charité de vostre bon naturel, le courage
de vostre cœur, la patience de vostre
ame, la force de vostre esprit, & vostre
zelle à la Religion de vos ayeuls, vous
vont faire vn grand homme, en ce siecle,
tout corrompu dans la malice, & lan-
guissant dans la vertu.

Que s'il y a rien qui puisse contribuer à
l'accomplissement de ces belles esperances
que nous auons, ce sera la vertu sur-emi-
nente, & tres parfaicte, de Madame
vostre bonne mere, l'exemple & le
Miroir de la plus solide, & sincere deuotion, qui se pratique dessus la terre.

Car ie veux croire, que si les merites

EPISTRE.

de Saincte Helene, ses ferueurs à la Religion Chrestienne, & ses prieres continuelles, ont donné au monde vn grand Constantin Empereur, lequel de l'Idolatrie du Paganisme, passant à la decoration des Autels, à fait tant de merueilles.

Euseb. in li.
4. de vita
eins li. 9.

Si les Larmes, les Oraisons, les Ieusnes, les Austeritez, les Communions frequentes, & les ferueurs d'vne Saincte Monique, ont acquis à l'Eglise le sublime & celebre Docteur S. Augustin.

Baron.
annal. 384.

Certes ces mesmes œuures, & les Oraisons qu'espanche iournellement au Ciel, celle qui vous à mis au monde afin de vous engendrer encore vne fois en Iesus Christ, nous donnent asseurance de voir bien tost en vous quelque chose de plus grand que l'ordinaire ; puis qu'il est vray que tant de vertus & de merites ne peuuent estre sans efficace. I'ay peur

EPISTRE.

d'esmouuoir la virginale pudeur de ces deux douces, & Chastes Colombes, mes Damoiselles vos cheres sœurs, (qui à trauers les merueilles de leur naturelle & parfaite beauté font paroistre au dehors l'intèrieure candeur de leurs amés innocentes) si i'adiouste que leur pieté non mediocre apporte de l'aduancement à vostre bon-heur; par les vœux desquels elles coniurent sans cesse le Ciel de vous combler abondamment de ses plus heureuses benedictions.

Or, quoy que i'aduance, Monsieur, ie ne dis rien qui ne soit appuyé sur vne solide verité, & qui ne soit aussi l'opinion commune de tout le monde, & ie m'asseure que ceux lesquels peuuent sçauoir le nombre des obligations que ie vous ay, me trouueront tousiours trop retenu dans vos loüanges.

Cependant, receuez aggreablement

EPISTRE.

(s'il vous plaist ce petit eschantillon de
mes recognoissances) iettez vos yeux fauorables dessus l'offrande que ie vous
fais de ma personne, quant & quant celle
de ce liure.

L'vne, vous porte les vœux sinceres
d'vne seruitude perpetuelle; & l'autre
vous offre le tribut de la reuerence, & du
respect que ie ne vous puis iamais denier
sans la m'escognoissance de mon propre
deuoir qui m'y oblige.

La consideration de vos merites, la
gloire de vostre nom, & le prix de vostre
authorité sous laquelle ie me retire, feront
vn bouclier impenetrable pour ma deffence, à l'encôtre de ceux qui voudroient
exercer leurs médisances sur mes escrits,
& mes desseins, & ie ne pense pas que
l'enuie ose assez hardiment dresser ses efforts contre vn hôme auquel vous auez
tousiours tesmoigné tant de faueur & de
bien-

EPISTRE.

bien-veillance. Fasse le Ciel M^r. que ie puisse d'oresnauant meriter, de plus en plus, la continuation d'icelle, & dans le sentiment que i'en ay, auoir l'espace d'employer pour vous enuers Dieu si grande abōdance de vœux, & de prieres, qu'enfin ie le contraigne, non seulement de vous benir en ce monde, & vous rendre aussi glorieux d'honneur & de merites; que vous estes digne d'en acquerir sans nombre; mais encor, qu'il vous honore dans l'autre, des Couronnes, & des Palmes, qu'il prepare aux ames excellētes, (cōme la vostre) au seiour des Esleus.

Ce sont là les souhaits que me produisent les ressentimens de vos faueurs, & les desirs que i'ay de viure, & mourir auec la qualité.

MONSIEUR,   De

    Vostre tres-humble, & tres-obeissant seruiteur.   I. le Clerc.

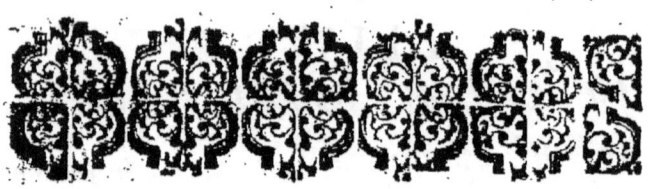

AV LECTEVR.

I'Ay peu de chofe à te dire (mon cher
Lecteur) fur l'Edition de ce liure. Ie vou-
droy bien que fa lecture te fut aggreable, &
que tu priffes fujet par cefte Hifloire d'auoir
vne particuliere deuotion à ce glorieux Martyr,
de l'excellence & des merites duquel tu peux
faire iugement par le nombre & la qualité de
fes tourmens ; dans lefquels ie le trouue comparable non feulement à S. Laurens ; mais encor à
tous les Martyrs qui l'ont deuancé par le fupplice, & ie peux dire de luy. Ce qu'on à dit d' vn
autre, Nulli veterum virtute fecundus.
　　Qu'il n'eft pas le fecond, parmy les
　　　　Anciens.
　　Qui verferent leur fang, pour la foy des
　　　　Chreftiens.
　Si tu as le dégouft des chofes Sainctes, &
l'inclination moins portée à la lecture des
hifloires veritables que fabuleufes, celle-cy
peut-eftre ne te plaira pas en la maniere qu'elle

Au Lecteur.

eſt eſcritte ; à cauſe que tu trouueras pluſieurs
traits , & adjancemens moraux qui retar-
deront ta curioſité de pointer ſi toſt à la fin.
Auſsi ne l'ay-ie pas eſcrite auec vn deſſein particulier de plaire aux Eſprits delicats , curieux,
& pointill ans : Mais pour m'entretenir & me
conſoler en la conſideration des actions ſolides
& vertueuſes que i'y ay rencontrées. Laiſſant
à part le contentement du public, qui eſt vne
choſe impoſsible , i'ay butté ſeulement de teſmoigner à mon bien-faicteur , le reſſentiment
que i'ay des obligations que ie luy dois , luy de-
diant ce petit fruit de mes labeurs.

Attendât qu'vn plus grãd deſſein,
Que ie fomente dans mon ſein,
Tiré d'aucuns Peres ſublimes ;
Par l'Hiſtoire, & l'Inſtruction,
Porte ſa Conſolation,
Aux ames plus Puſillanimes.

Si tu es en humeur de me reprendre , & de
corriger mes deſſauts (que i'aduoüe ingenuë-
ment n'eſtre pas petits) fais ie te prie que ce ſoit
de ſi bonne grace, & auec tant de charité ; que
i'aye ſuiet de t'en remercier , & faire mieux à
l'aduenir.   Adieu.

APPROBATION.

IE fous-figné Docteur en Theologie, certifie auoir veu & leu vn escrit de la vie de S. Cucuphas Martyr, (tiré des Autheurs Ecclesiastiques bien reueuz & appronuez) reduit en ordre, tant par prose, qu'en vers Fraçois, par Maistre Iacques le Clerc, Official en l'Exemption de S. Valery fur Somme, & Curé de la Parroisse de S. Paër en Caux, là où ie n'ay rien trouué contraire à la Foy Catholique Apostolique & Romaine, & qui puisse empescher qu'elle ne soit mise en lumiere, mais le tout propre pour edifier & profiter au public,   Fait ce 2. de Iuin,

FF. le Blanc Augustin.

APPROBATION.

CEste Histoire du Martyre de S. Cucuphas ne contient rien contraire à la Foy, ny aux bónes mœurs, ains est pleine de plusieurs bons discours, qui descouurent le courage inuincible de ce glorieux Athlete. C'est pourquoy elle se peut vrilement imprimer.
A Roüen, le 1. de Iuillet 1633.
F. Nicolas Arnois Docteur en Theologie, & humble Prieur des PP. Iacobins.

HISTOIRE
ADMIRABLE
DV MARTYRE DE
SAINT CVCVPHAS.

Army tant de biens
exterieurs, defquels il
plaift a la diuine &
mifericordieufe proui-
dence de Dieu de gratifier leshom-
mes, je trouue que la Nobleffe de
naiffance ne tient pas vn des der-
niersrangs ; mais ie me perfuade
volontiers, que les cœurs mieux
paiftris, luy affigneront toufiour
B

la premiere place : Car c'eſt vn aduantage que l'or, & l'argent, ne
peuuent acquerir auec leur puiſſance, non pas meſme la vertu, qui
de vray, nous peut rendre les pre-
miers nobles de noſtre Race, mais
non pas d'ancienne extraction.
D'ou vient que ſans doute ceux-la
ſont heureux ſur qui tombe le ſort
de ceſte ciuile prerogatiue.

Non que ie la prefere a la vertu,
car certes ce ſeroit poſtpoſer vne
cauſe a ſon effect, par vn ordre pre-
poſteré, d'autant qu'il eſt tout certain, que la nobleſſe tire ſon origine de la vertu, & ſe conſerue par
icelle, autrement il vaudroit mieux
eſtre vertueux Roturier ſelon cet
antien Satyrique qui dit.

Iouenalis
Satyriq. 8.
I'aime mieux que tu ſois n'ay d'vn
pere Therſite,

Comparable au vaillant Æacide, cntes
    faicts,
Que produit d'vn Achille auec l'ame
    petite,
Inhabile a montrer de glorieux effects.

En la comparaiſon des trois fortes de biens, de l'ame, du corps, &
de ceux que vulgairement on nó-
me de fortune : Il eſt aſſeuré que
ceux de l'ame l'emportent ſur les
deux autres ; Combien plus forte-
ment donc la Nobleſſe, meſlee de
l'ame & du corps, l'emportera-elle
ſur les autres ſortes de biens ? Comme les richeſſes, & les plaiſirs, ob-
jects indignes d'arreſter vn beau
courage, qui ne ſe plaiſt que de
l'honneur, & non de tout honneur,
mais du vray ſeulement, qui eſt
fondé ſur vne ſolide, & eſſentielle
vertu ?

        B 2

Certes, ainſi comme les riches
pierreries releuent encor leur ſplé-
deur eſtant bien enchaſſees en de
l'or eſmaillé; auſſi faut-il aduoüer,
que la nobleſſe adioute a la vertu
vn nom petit ornement, mais vn
merueilleux & tres-honorable
aiancement; Car s'il eſt vray (comme il eſt) ce que dit vn autre Poëte,
que,

La vertu eſt plus noble eſtant en vn
beau corps.

Pourquoy ne ſera-elle auſſi plus
noble, eſtant en vn noble corps?
C'eſt vn fonds ſpecieux, dans lequel on peut coucher vne riche
broderie d'excellentes perfectiôs:
pour ce ce n'eſt pas ſans raiſon que
l'on dit communement.

S'eſtoüiſſent ceux-là qui ſe trouuent
bien nais.

d'autant que,

Ces hommes sont heureux & des plus [Iu. Sat. 14.]
fortunez,
A qui Titan a faict des entrailles par-
faictes
D'vn limon plus parfaict:

Et a vray dire, c'est vn grand
auantage que la naissance noble,
l'arbre se sent tousiours de la bonté de son terroir; & cóme il est aisé
d'enter vn bon greffe sur vn bon
tróc, ainsi c'est chose qui est facile.

De grauer la vertu, sur vn Noble
courage.

L'experience faict assez clairement voir & toucher au doigt tout
ce que ie viens d'aduancer ; mais
vous l'allez remarquer encor plus
particulierement en ceste histoire,
ou vous verrez vne vertu signalée
qui faict monter vn icune seigneur

à la faueur de la nobleſſe de ſon origine, & de la grandeur de courage qu'il a tirée du ſang de ſa naiſſance, iuſques au plus ſublime degré d'vne gloire excellente & parfaicte, qui eſt celle du martyre.

Naiſſance de S. Cucuphas.

Le bien-heureux Martyr & Champion de la Foy Catholique Sainct Cucuphas, prit ſa naiſſance en la ville de Scylitane en Affrique de parens tres-Riches & tres Nobles : mais il ſe rendit encor ſoy meſme, de beaucoup plus noble que tous ſes anceſtres, par la meu-

Virtutum vicit mobilime genu.

re ſolidité de ſes mœurs, & plus inſigne par la profeſſion Chreſtienne de la foy de IESVS-CHRIST, de laquelle il fut touſiours intimement enflammé, par vn zelle auſſi feruent que particulier, & d'autant plus glorieux, qu'extrement liberal, & parfaitement charitable.

Des qu'il eut attaint l'âge, auquel vne ieuneſſe noble, doit eſtre portée a la cognoiſſance des choſes qui peuuent preparer vne belle ame a des actions grandes & parfaictes; Les ſiens eurent le ſoing de luy donner des maiſtres capables de le diſpoſer à l'amour des ſciences & des bonnes lettres, & dans peu de temps, on recognut en luy toutes les marques, qui eſtoient neceſſaires pour en eſperer la plus haute perfection de la vertu.

Les belles & naturelles inclinations qu'il auoit aux Eſtudes, donnerent ſuiet à ſes parens de l'enuoyer plus loing que le lieu de ſa naiſſance, affin qu'il peut abondamment goutter des ſciences au fond de leurs ſources.

Il va aux
Estudes
auec S. Felix
Gentil-hom-
me comme
luy.

Son bon-heur luy donna pour compaignon sainct Felix, n'ay de la mesme Cité, de parens nõ moins nobles & d'Illustre extraction que les siens : Ensemble, auec vn équipage digne de leurs qualitez, il allerent en vne ville qui pour auoir esté bastie par vn des plus grands Cæsars du monde, en porte encore le nom. Cette ville tres-belle, ample, & bien renommée en toutes choses, est aux bords de la Mauritanie, & sise contre la riue de la mer qui faict à ce qu'on dit le milieu de la terre, & pour cela s'apelle Mediterannée.

Dans les soings continuels des lettres esquelles ils se portoient tres-serieusement, & dans la pratique des arts les plus recommandables aux personnes de leur sorte, ils

acquirent non seulement la con-
noissance de toute litterature, mais
encor, la perfection de sçauoir si
bien manier les armes auec les lettres, qu'il emportoient l'affection
des plus sçauans, & l'admiration
de tout le monde.

La candeur interieure de ces
deux ieunes & tres innocentes
ames, faisoit paroistre exterieurement sur leurs fronts, des traicts si
charmants, & des marques si visi-
bles de la vertu, qu'il y auoit du ra-
uissement pour ceux qui les con-
temploient auec attention de leurs
merites, joint que la liaison parfaicte de leurs cœurs estroittement
vnis, les rendoit si semblables
d'humeurs, & de mœurs; qu'vn *Idem velle,*
mesme, ouy, vn mesme, non, fon- *idem nolle, perfectio a-*
doit en eux vne intime paix, par les *mor is est.*

attraits de laquelle ils se rendoient
l'amour des cœurs, & les desirs des
ames mesmes moins sociables.

Les yeux, non seulement de la
Noblesse : mais encor de tout le
peuple de la ville de Cæsarée, con-
temploient ces deux braues Seigneurs, non plusne moins que l'antiquité fabuleuse faisoit autrefois,
Ces Astres gemeaux, Castor, &
Pollux, desquels la fraternité se
trouue inseparable aussi bien sur
les Cieux, qu'ils ont esté dessus la
terre; Car il estoit impossible d'en
regarder vn, sans l'autre, & tous
deux, estoient en vne egalité de
merite si releuée, qu'on n'y trouuoit aucune dissemblance.

Durant qu'ils viuoient en ce cal-
me du bon heur, & de la Renomée,
vn bruit vint a s'espandre iusques à

eux, que la fureur des Tyrans s'eſ-
chaufoit extremement, & que la
perſecution des Chreſtiens aug-
mentoit tous les iours es parties
d'Orient, ſoubz les malheureux
Empereurs Diocletian & Maximian Princes inhumains, s'il y en
eut iamais en tout le monde, leſquels auoient enuoyé de nouueau
vn certain Dacien pour Preſident
en Eſpagne, affin de l'abreuuer du
ſang des Martyrs.

Ces cruels miniſtres des rages
infernales, pires que Diables en
leurs deſſeins, auoient pris à tache
d'effacer de la memoire des hommes, le nom du Chriſtianiſme, &
pour en venir à bout, ilz auoient
fait afficher aux Carrefours & pla-
ces publiques des villes, les Edicts
ſanglans de la perſecution, dans

Grande perſecution des Tyrans ſur les Chreſtiens. Au 4. ſiecle. Les années. 301. 302. 303. 304. an.

leſquels on liſoit vn commandement abſolu d'exterminer tous
ceux qui feroient profeſſion de la
Religion Chreſtienne, & de la foy
de IESVS-CHRIST. En ſuitte

Enſeb. li.8.
Cap 2 adam
in theon.
Geneb. in
Marcelino.

dequoy toutes les Egliſes furent
ruinées de fond en comble, les Eſ-
critures Sainctes brulées en pleine
place, les Chreſtiens occis au propre iour de Paſques & du Vendre-
dy Sainct.

La terre, pour lors, eſtoit par
tout couuerte de ſang, & de maſſacres, ce n'eſtoient que boucheries
plantées, quaſi en tous les endroits
du monde, & c'eſtoit vne choſe pitoyable , que tous les Chreſtiens
eſtoient tenus pour infames, ſur
tout le reſte des creatures, le rebut
general des hommes, & l'obiect de
toutes les cruautez imaginables.

Il feroit icy befoing d'vne plume de fer, & qui fut trempée dans
le fág, pour exprimer & depeindre
auec horreur, à combien de mar-
tyres, & de genres de fupplices
eftoient iournellement expofés les
vrais & legitimes enfás de l'Eglife.

Les vns eftoient enfermés dans
des obfcures & profondes caues,
n'ofant nullement paroiftre en public, exclus qu'ils eftoient du com-
merce &, de la focieté des hómes,
priuez mefme des plus fecrettes
neceffitez, que la nature a voulu
eftre communes à tout le monde.

Les autres chaffez honteufemét,
& bannis des villes, eftoient contrains de ramper dans les deferts les
plus effroyables, & d'y viure mi-
ferablemét, expofez à la fureur des
beftes fauuages, fouffrans toutes les

incommoditez qui se peuuét imaginer, tantoft rotis, & grillez, par
les ardantes chaleur du Soleil en
l'Efté; tantoft gelez, & glacez des
froidures , aux violentes rigueurs
d'vn hiuer implacable , & parmy
tout cela , mourants de faim , pour
n'auoir dequoy viure , finon des
dures racines, ou des herbes ameres , & fauuages , qu'il falloit arracher auec les ongles, & qu'il trem-
poient auec les eaux de leurs l'armes , auant que les manger. Que
s'il arriuoit encor qu'on les peut
attraper viuants dans de fi cruelles
miferes, helas. Il eftoient auffi toft
traifnez, comme des beftes, aux
Theatres, aux Amphiteatres, aux
tribunaux des Iuges, & de là , fans
autre mifericorde , aux gibets,
aux roües, aux flammes , aux ef-

chafaux , aux tortures , aux cheualets , à l'efcorcherie , & à toutes
fortes de cruauté.

Quelquefois , on eut veu de
graues & venerables vieillards, aux
barbes grifes , d'anciens perfona-
ges , agez , qui de quatreuint qui
de cent, qui de fix-vints ans , tirez
& traifnez par des bourreaux auec
la corde au col, vne autrefois vous
eufliez contemplé d'honeftes , &
fages Matrones foulées aux pieds,
mais fur tout le cœur vous eut
fendu de douleur , fi vous eufliez
veu tant de fi ieunes, belles, & tres-
delicates dames , capables d'ef-
mouuoir des Rochers , & d'atten-
dtir des Tygres , efcheuelées comme des bacchantes , traifnées par
les cheueux au milieu des boües affin d'eftre conduittes , tantoft aux

lieux du deshonneur, & tantoſt au
ſuplice.

Et quelle pitié ne vous eut pas
eſmeu, à l'aſpect des tendres & petits enfans, beaux, graſſets, pote-
lez, & rauiſſans comme des Anges,
qu'on menoit à la boucherie, qu'ō
eſgorgeoit ainſi que des petits ai-
gneaux, qu'on faiſoit mourir auant
qu'il ſçeuſſent aucunement que
c'eſtoit de viure entre les hommes.

Adioûtons pour vne verité
moindre encore que ſon effect,
que tous les tourmens plus cruels,
& les ſupplices plus extrauagans
que les Buſires, les Phalaris, & les
Maxences, auoient auparauant
ignotez, eſtoient pour lors inuen-
tez, & tournoient en pratiques, &
que rien d'inhumain ne s'obmet-
toit, qui n'eut eſté maintefois exer-
céſur

cé fur les corps des pauures Chreftiens.

Ce n'eftoient plus des fuplices
ordinaires, & pareils, aux vieilles
façons de faire mourir des crimi-
nels. Les recompenfes qui fe fe-
foient aux autheurs des nouuelles
barbaries, les rendoient fi fecon-
des en cruautez, qu'on ne parloit
pour les moindres tourmens, que
de cheualetz, que de peignes de
fer, que de plomb fondu, que de
chaudieres bouillantes, que de
preffurer des hommes foubz des
preffoirs à viz, a guife de la ven-
dange, que d'enfermer des corps
dans des tonneaux contrepointez
de cloux, & les rouler dans cette
prifon mouuante, du coupeau d'v-
ne haute montaigne, au plus bas
des profondes vallées, & des preci-

C

pieces, que de les oindre d'huile, &
de miel, pour les expoſer aux gueſ-
pes dans les plus cuiſantes ardeurs
du Soleil.

Que direz vous, que l'on pen-
doit les plus belles & chaſtes Dames, ſans aucune honte, les pieds
en haut, toutes nuës; affin d'eſmou-
uoir lubriquemét, la ſenſualite des
hommes; & donner du contentement aux yeux deuorans, des plus
laſcifs? qu'elle eſttrange horreur, &
quel infame ſpectacle?

Ne croirez vous pas librement
qu'il eſt impoſſible, que telles fureurs vraiment maniaques, ayent
peu monter en l'eſprit des hommes, ſans vne particuliere impreſ-
ſion des diables; autheurs de toutes les plus noires, & cruelles mali-
ces qui ſe peuuent faire?

C'eſtoit pourtant en quoy les deux Tyrans penſoient ſe rendre plus recommandables aux payens, & reſformidables aux pauures Catholiques : C'eſtoit en cela qu'il eſtimoient de beaucoup obliger la poſterité; C'eſtoit leur coup d'eſtat c'eſtoit leur maxime generale , & fermement arreſtée, d'exterminer les Chreſtiens ſans reſource.

Cette inhumaine & barbare perſecution, fut bien ſi grande; qu'on ne la peut exprimer. Car en ce temps-là meſme, il eſtoit impoſſible , de faire le denombrement des Martyrs. On eſſaya de faire vn ſanglant Cathalogue de ceux qui paſſeroient ſoubz le fer, & la rage de ces deux Tygres; mais ce fut en vain, veu que pour vn ſeul mois, on en trouua iuſques au nombre de

dix-ſept mille , & que les autres al-
lants a proportion , pouuoient en-
li. 7. cap.
6. cor en fournir dauantage. Car Ni-
cephore remarque qu'en vne veil-
le de Noël durant la nuict vingt
mille Chreſtiens furent brulez
pour Ieſus-Chriſt dedans l'Egliſe,
à Nicomedie, & fort peu apres vne
Niceph. li.
7. cap. 10. ville entiere en Phrygie laquelle
eſtoit toute Chreſtienne, fut mar-
tyriſée & paſſa pareillement par le
feu pour la foy.

l'Egliſe
croiſt ſous
la perſecu-
tion.   Cependant c'eſt vne choſe ex-
trémement prodigieuſe, & vn ar-
gument inuincible de la diuinité
de noſtre foy, que nonobſtant tous
ces efforts, l'Egliſe croiſſoit ſoubz
le fer de la perſecution , emprun-
tant ſes plus beaux ornemens , de
l'ignominie, ſes richeſſes , de ſes
plus amples pertes; & ſa vie des te-

nebres de son tombeau. Puis que
tous les enfers ; & les demons, sor-
tans de leurs portes, pour opposer
leurs forces, à ses forces, qui sem-
bloient aux yeux des Tyrans si pe-
tites, n'ont iamais peu preualoir *Math.16.*
contre-elle : encore moins dimi-
nuer sa gloire, ny faire relacher
d'vn seul point le courage ardant
& genereux de ses fidelles enfans.

Il semble quelle estoit pour lors *Exod.*
ainsi que le buisson de Moyse qui
tiroit de la splendeur, & de la gloire de ses propres flammes; persecu-
tée, non iamais oppressée, comba-
tuë, & pourtant, iamais abbatuë,
au contraire vne goutte du sang,
qui decouloit des corps suppliciez *S. Augustin*
de tant de Martirs, c'estoit vn grain *S. Cyprian.*
de semence eternelle, pour en fai-
re n'aistre d'autres, lesquels aussi

B 3

courageux & conſtans, que les pre-
miers, alloient au deuant des ſupplices, brauoient les Tyrans, laſ-
ſoient les bourreaux, émouſſoient
les trenchans des eſpées, vſoient
tous les inſtrumens & les outils deſtinez pour la ſanglante execution
des Martirs.

De ceux-cy, furent les deux nobles Seigneurs, & genereux Athlettes de Ieſus-Chriſt, Cucuphas
& Felix, leſquels nonobſtant les
bruitz funeſtes de tant de perſecutions, ſentoient toujours de plus en
plus accroiſtre en leurs ames, les
deſirs ardans, qu'ils auoient d'arriuer vn iour, a la conqueſte des Palmes du Martyre. Il ſechoient ſur
leurs piedz, d'vne ſaincte impatience, de n'eſtre pas encor au nó-
bre de ceux, qui auoient la gloire

de porter des fers, & des chaines, dans la captiuité glorieuse, de la deffence de la foy.

L'honorable recit des tourmens des autres, outre qu'il leur estoit aggreable, les faisoit mourir d'en-uie de se voir bien tost en leur pla-ce, affin de se rendre compaignons d'vne pareille gloire, apres de sem-blables souffrances.

Mais disons tout, ils auoient de plus, vne sensible, œmulation de les surpasser encor, par la grandeur de leur courages; & de tesmoigner d'autant plus leur feruentes & cha-ritables affections, qu'il auoient enuie de se rendre inimitables, en la maniere de leur constance.

E mulamini charismata meliora.
Paul 7.

Souuent, il s'entreparloient, comme par contestation, de souf-frir au plus fort, & faisoient ce Dia-

C 4

logue, que i'ay voulu mettre en
vers, pour le rendre plus aggreable.

Cucuphas.

Cher Felix, cependant que nous som-
    mes en Calme
Tu te vantes en vain de souffrir plus que
    moy ;
Car au Fort des tourmens, ie gaigneray
    la Palme,
Et mourray le premier, plus Glorieux
    que toy.

Felix.

Vous pouuez bien desia vous donner
    cette gloire,
Si vous voulez (Ardant) vostre heure
    preuenir ;
Mais affin d'acquerir vne longue Vi-
    ctoire,
Ie veux plus longuement ma peine
    entretenir.

Cucuphas.

Non, plustost les bourreaux m'arra-
cheront la vie,
Plustost, ie voleray dans les bras de
mon Dieu :

Felix.

Puis que l'occasion n'en peut estre
rauie ;
I'aymeray plus que toy, souffrant plus
en ce lieu.

Cucuphas.

Ie n'entens pas mourir qu'apres vn
grand Martyre
Qui peut bien estre bien prompt, quoy
qu'il soit excessif.

Felix.

Ie seray donc vainqueur & vray-
ment ie peux dire
Qu'en finissant d'agir, tu voudrois
estre oisif.

Cucuphas.

*Certes, non ; mais d'aimer, ioüiſſant
de la face*
*De celuy , pour lequel i'ay haſte de
mourir.*

Felix.

*Si l'heur en eſt plus grand, que la peine
à deſpace;*
*On ne peut l'augmenter ſe hattant d'y
courir.*

Cucuphas.

*Ie crains qu'en ſouhaittant vne fin
prolongée*
*Tu coures du hazard en tes iuſtes deſ-
ſeins.*

Felix.

*D'autan plus qu'icy bas vne Ame eſt
affligée*
*Plus elle aura la haut de gloire auec les
Saincts.*

Cucuphas.

Pour cela, penſes tu retarder d'a-

uantage

Le deßein que i'ay pris de mourir pour
 la foy?

Felix.

Au contraire, ie sens au fond de mon
 courage
Un desir qui m'y porte außi ferment que
 toy,

Cucuphas.

Que ne suis-ie au milieu des boureaux
 & des flammes,
Desia prest despirer pour l'Amour de
 Iesus,

Felix.

Que ne suis-ie à trauers des cousteaux,
 & des lames,
Prest de dire, ô Sauueur acheuez le
 surplus !

Cucuphas.

Allons donc cher felix au deuant
 des supplices.

Et que tardons nous plus de courir au
　　trespas.

Felix.

Pour vn si beau dessein ie suis de tes
　　complices
Et mourray le premier , amy n'en
　　douté pas.

Le bien-heureux Felix pro-
nonçant ces dernieres parolles,
embrassoit amoureusement son
cher Cucuphas , & pleuroit de
tendresse de cœur, esmeu du re-
sentiment d'auoir oüy , qu'il se
vantoit d'emporter l'honneur de
mourir deuant luy , & certes il
semble que le Ciel pour lors vouloit faire Felix Prophete de ce qui
luy arriua puis apres.

On remarque de Cæsar qu'il
versa jadis des larmes estant deuát
la statuë du grand Allexandre,

c'eſtoit qu'il alloit ſe repreſentant,
qu'à l'aage de trente trois ans, ce
Monarque auoit plus ſouffert de
trauaux, & gaigné plus de Victoires
aux batailles qu'il auoit faictes, que
luy en ſa ſaiſon d'Automne, ou il
eſtoit; Mais voicy deux ieunes
Seigneurs, qui pleurent enſemble,
de l'enuie qu'ils ont de mourir pour
l'Amour de IESVS-CHRIST.
Mort pour eux ſur la Croix au
meſme aage; & gemiſſent eſmeus
par la honte qu'ils ont, d'auoir encor vne Vie, apres que pour leur
ſalut, il à donné la ſienne, auec tout
ſon Sang. Que vous enſemble?

Qu'elle ſorte de Gloire eſt-ce là, *Les SS.
pleurent
pour le re-
tardement
du Martyre.*
pour des courages Nobles, de ne
ſe glorifier que des peines qu'ils ont
enuie d'endurer? Quel Honneur de
n'en chercher point d'autre que

celuy qui ſe trouue dans les af-
flictiós? Mais quel Repos trouuent
il, de n'en auoir iamais vn tout ſeul
moment, iuſques a tant qu'il auront
ietté le dernier ſoupir? Et quel
Contentement dans les regrez infi-
nis qui le tourmentent, de n'auoir
qu'vne ſeule vie, dans la paſſion ou
il ſont de ſouffrir mille morts.

　　Auec ce Zelle parfaict, & tout
ſainct, portant dans le cœur vn iuſte reſſentiment pour la querelle
de leur Maiſtre, & touchez de pitié pour les cruelles perſecutions,
qu'enduroient les Fidelles. Il ſe re-
ſolurent, a quelque prix que ce fut
d'aller à leur ſecours, & de faire en
ſorte, de ſubuenir aux grandes ne-
ceſſitez des pauures Chreſtiens,
auec les biens de Fortune, que le
Ciel leur auoit abondamment de-

Reſolution de S. Cu-cuphas & Felix.

parti : se consolans mutuellement,
& s'animant d'vne belle esperance
d'en moissonner vn iour dedans
les Cieux, plus d'eternels, qu'il n'en
auoient a disperser de caducques
& perissables, dessur la terre.

Pour paruenir auec plus de faciᵗcilité au but de leurs desseins, il
trouuerent à propos de se déguiser
aux yeux des hommes ; ouurant
toujours leurs ames a ceux de Dieu
qui penetrent au fond des secrets
plus cachez.

Il se reuestirent donc d'habits *Ils se deguiᵗ*
de marchands, & d'vn notable a- *serent en*
mas d'or & d'argent qu'il auoient *Marchands*
faict, il chargerent quelque nom-
bre de Nauires, d'vne grande diuersité de riches, & pretieuses mar-
chandises, & s'estant embarquez
dans vn d'iceux il firent voile es

plages de l'Occident, s'arreſtant à
Barcelone, où il trouuerent que
l'impieté des deux Tyrans, auoit
Perſecution à Barcelode, fait, & continuoit de plus en plus
vn extréme rauage.

Ayant apris combien la deſo-
lation & les miſeres des Chreſtiens
eſtoient grandes en ces lieux, &
qu'aux enuirons d'allentour, il
n'y auoit aucune ville, bourc, villa-
ge, chaſteau, lieu de reffuge, ny
poſſeſſion quelconque, ou l'on n'é-
rigeat des Idoles, & meſme qu'il
n'eſtoit permis à perſonne de vo-
yager, ny en paſſant donner ou receuoir aucune commodité, non
pas meſme puiſer de l'eau, ſans a-
Baronius an. 286. nu. 3. uoir auparauant temoigné ſa religion, offrans l'Encens, & le culte
d'adoration aux Dieux prophanes
des Payens, en preſence des Ser-
gens

gens ordonnez exprez pour vſer
de contrainte ; Cela les obligea de
demeurer là, tant pour ſe rendre ſe-
courables aux fidelles, que pour arriuer bien-toſt à l'occaſion du
Martyre.

Comme ils eſtoient tres ar-
damment embrazéz de l'amour de
Dieu, qui faiſoit vn Æthua de leurs
ames, & que la grace du ſainct Eſ- *Neſcit tar-*
prit (qui ne peut nullement com- *da molimi-*
patir auec le retardement) ſur a bō- *na ſpiritus*
patir auec le retardement) ſur a bō- *ſanctæ gra-*
doit en eux, il ne tarderent point a *tia.*
ſe mettre ſerieuſement en beſon-
gne, iugeant que (conformement
aux grands deſirs qu'ils en auoiēt)
le temps eſtoit tout proche auquel *Pſal. 125.*
il deuoient ſemer parmy les tra-
uaux, & les larmes, pour vn peu
d'eſpace, affin de recueillir en apres
abondammēt dedans des ioyes

D.

non moins rauiſſantes & ſublimes,
qu'æternellement perdurables, ne
pouuans ſouffrir ce facheux deſ-
membrement de Penthée qui par-
tage le cœur entre le ſoucy des
choſes temporelles, & le ſoing d'acquerir l'Eternité; voila qu'ils com-
mencent a ſe deſtacher de l'vn,
pour n'eſtre point diuiſez en la di-
ligente pourſuite de l'autre.

Ils ſçauoient que comme par
vne effect tres ſignalé dans la nature le fer vole a l'aymant, pourueu
qu'il ne ſoit frotté d'ail, auſſi que le
cœur, tent volontiers a Dieu, qui
n'eſt embaraſſé dans le maniment
des biens du monde.

Ainſi Crates ietta ſes richeſſes
en la mer, pour vacquer plus librement à la Philoſophie.

Et Stilpon faiſoit ſi peu d'eſtat

des siennes, que sa maison ayant esté rauagée au sac de sa patrie, il disoit n'en auoir rien perdu.

Chacun sçait le dire du sage Grec Bias, qui portoit tous ses biens auec soy, ne faisant aucun compte des temporels, mais seulement des spirituels.

Vlisse quitta la pretieuse robe de Calipse dans les ondes, pour se sauuer plus aisement à la nage: Comme pour bien nager, ainsi pour bien viure, celuy-là est le mieux disposé qui est le moins chargé, dit vn sage ancien.

Il faut laisser la cappe, comme Ioseph, pour sauuer nostre integrité, laquelle court vne notable risque entre les Richesses: Il vaut mieux perdre les richesses, que d'attendre que les richesses nous

D 2

perdent, Cucuphas, & Felix, conſideroient bien cecy.

C'eſt pourquoy ilz tâchoient
de s'en deſſaiſir au plutoſt, en s'a-
donnant aux œuures de pieté, dans
leſquelles ils regardoient premie-
rement, celuy pour l'amour duquel il trauailloient auec tant d'ardeur; & ſecondement, les miſeres
de ceux pour leſquels il teſmoi-
gnoient auoir extremement plus
de pitié, que de peines.

Pſal. 144.　　Cognoiſſant bien que la miſericorde reluit en Dieu par deſſus
toutes les œuures, il crûrent que
dans l'obligation de l'imiter(quoy
que de loing) cette ineſtimable
vertu, deuoit reluire en eux, autant
par deſſus leurs ordinaires pratiques, que le Soleil eſclatte au deſſus de tous les flambeaux du firmament.

Voila pourquoy des auſſi toſt qu'il eurent vendus, & tiré l'argent des riches marchandiſes , qu'il auoient amenées, il commencerent à faire de grandes aumoſnes à tous les pauures Chreſtiens, qu'ils alloient recherchans eux meſmes, dans les lieux plus ſecrets de leurs retraittes ; ſans que iamais ny les perils de la vie, n'y la crainte de la mort, amoindrit aucunement, la belle & forte reſolution , qu'il auoient priſe, de n'eſpargner aucune choſe pour les ſecourir, adjoutant encor a ce deſſein, ô merueille ! La volonté de ſe donner eux meſme , & vendre leur perſonnes s'il en eſtoit beſoing pour accomplir vne parfaitte charité.

Admirable reſolution des ss.

Ainſi jadis le bon hermite Spiridiom ayant leu dans ſa Bible, *Va*

Beau traiƈ d'vne extréme charitĕ.

D 3

vens tout ce que tu as & *le donne aux*
pauures, & incontinent ayant fait
rencontre dans son chemin d'vn
pauure lequel estoit tout nud &
morfondu, touché d'vne sensible
& charitable compassion, luy donna sa Robe, puis, quelqu'vn de ses
amis venant à le rencontrer en
apres, & luy demandant quel lar-
ron l'auoit ainsi depoüillé. *Le voi-*
la, dit-il, en montrant le liure qu'il
auoit sous ses bras.

Mais cette grande & prodigieu-
se charité le porta plus outre, car
vne autre fois relisant ce mesme
passage, comme il vint a peser exal-
tement, ce mot, *tout ce que tu as*. Il
iugea que cela vouloit dire, que
pour estre parfaict, il ne falloit rien
reseruer; c'est pourquoy, ne luy re-
stant plus rien que sa mesme Bible,

Perfectio E mang'n que.

il la vendit, & en donna incontinent le prix aux pauures.

Ce n'eft pas tout, car il vint aux termes de fe vendre foy-mefme, pour faire l'aumofne du prix de fa propre vente, voyez en quel excez d'amour portte l'accez d'vne charitable fiéure?

Soubz ces habits de marchands qui trafficquent ordinairement auec tout le monde fans foupçon, nos deux fainéts fe donnoient de l'accez dans les lieux, & auec des perfonnes, lefquelles il n'euffent peu communiquer autrement, toute leur mifne eftoit de vouloir *Saiuéte marchandi-* vendre & d'achepter, mais certes *fe.* le fecret en eft beau, puis que le but eftoit de vendre leur perfonne, aux plus offrans de tourmens, & affin d'en achepter le Ciel, & gaigner au centuple.

Braues, & bien aduiſez Marchands, leſquels auec des Marchandiſes caduques, & des richeſſes periſſables, acheptoient des
Math. 6. c. Threſors æternels, qui ne peuuent
deffaillir, & ſur leſquels ny la tigne,
n'y la roüillure, n'y les griffes rauiſſantes des larrons ne peuuent auoir
priſe.

Senec. de beneſ. Seneca nous racompte, qu'Ariſtipus fut viſiter autrefois vn ſien
amy grandement malade, & pauure tout enſemble ; mais qui n'o-
ſoit pourtant manifeſter ſa neceſſité. L'ayant deſcouuerte, il vſe d'v-
ne induſtrie auſſi charitable, que
plaiſante, gliſſant doucement vne
bourſe derriere le cheuet de ſon
charitable lict; laquelle eſtant trouuée, *Voila,*
tromperie. fit le malade, *des bonnes tromperies*
d'Ariſtipus. Les pauures Chre-

ſtiens ſe trouuans ſecourus par
deux perſonnes qu'il ne cognoiſ-
ſoient pas pour leurs freres, & leurs
meilleurs amis; en pouuoient bien
dire de meſme, quand au fond de
leurs cachots, & de leurs priſons, il
trouuoient ineſperement de l'argent à leurs pieds ietté ſecrettemét
par ces diuins Nicolaiſtes.

Ne me donneray-je pas icy la *Aduis d'im-*
permiſſion de dire par vn aduis *portance.*
auſſi libre, que veritable, que cette
exemplaire, & miſericordieuſe
charité nous doit apprendre a faire
ainſi des aumoſnes ſecrettes, en des
occaſions ſecrettes. C'eſt vn grand *Aumoſnes*
mal que l'extréme neceſſité laquel- *ſecrettes*
grandement
le ſouuent, par vn grand & furieux *neceſſaires.*
commandement emporte les mi-
ſerables, à faire, & patir des oppro-
bres, qu'autrement (ſans doute) il

euiteroient, & qui pis eſt, elle quit-
te le chemin eſtroit de la vertu, qui
luy eſt deuenu ſi penible. Mais la
honte en ces extremitez eſt bien
encore pire , que la neceſſité meſme;pource nous deurions auoir en
grande recommandation ces pauures, leſquels entre les autres , por-
tent le pitoyable tiltre de honteux.

Doubles pauures. Car il ſont vrayment pauures, &
de corps & d'eſptit, plus angoiſſez
de leur vergongne, que de leur di-
ſette.

Helas les biens du monde ſem-
ployent aujourd'huy ſi librement
Abus du monde. en feſtins, en pompes, en habits,
en baſtiments, en vanitez extraua-
gantes , en plaiſirs momentanées,
à ſeruir les Idoles des appetits. S'il
Exod. 32. c. faut fondre vn veau d'or voyla Iſ-
raël à l'enui que deuient prodigue,

& donne ſes joyaux & ſes deniers,
mais s'il eſt queſtion de baſtir vn
Tabernacle au Dieu puiſſant, alors
chacun fait du retenu, il faut vſer
de contrainte, & en venir à la co-
tiſation. Ainſi pour ſeruir au monde, rien ne couſte. Et pour ayder
les pauures [Temples viuans &
membres de IESVS-CHRIST)
on ne donne qu'à regret, & peut
eſtre, ne donne t'on point du tout.
O que ceſte façon de faire eſt bien
eſloignée de celle de nos Sainĉts!
les mains deſquels diſtilloient vne *Cant. 3.*
pretieuſe Myrrhe.

Certes, les braues & genereuſes
Ames que le Ciel à choiſies pour la
Gloire, volent touſiours hautemét,
& à deux aiſles [comme l'on dit] ie
veux dire, qu'elles font touſiours
reüſſir leurs œuures parfaiĉtement,

& ne trauaillent point à demy. C'e-
ſtoit beaucoup ce ſemble à ces
deux ieunes Champions d'aidet
aux Martyrs de IESVS-CHRIST,
(& à tous les affligez pour luy meſme) par les œuures de la miſericorde corporelle; mais ce n'eſtoit encor rien à leur gouſt, s'il n'y adjou-
ſtoient pleinemét les miſericordes
ſpirituelles ; ſoit dans les viſites
priuées, ſoit dans les occaſions publiques , les conſolans humaine-
ment dans leurs miſeres, compa-
tiſſant; à leurs afflictions, les encou-
rageans à vne forte patience, dans
les tourmens , les diſpoſans à vne
conſtance inuincible dans les ſupplices. Sur tous les animans coura-
geuſement , mais amoureuſement,
à remporter auec allegreſſe, les glorieuſes Palmes , & les Couronnes

Ils viſitent les paaures chreſtiens, & les conſolent.

triomphantes du Martyre.

Cecy ſe pratiquoit dans les occurences (touſiours trop tardiues à
leurs ſouhaits; mais iournellement:
& ſans aucune intermiſſion) il ſe ſe-
paroient de corps (quoy que iamais
d'eſprit) pour aller l'vn d'vn coſté,
l'autre d'autre part, tant par les priſons, (eſquelles il ſe pouuoient faci-
liter de l'entrée par leur largeſſe, af- *Il preſchent*
fin d'y rôpre le pain de la parole de *ſeparément*
Dieu aux pauures Chreſtiens cap- *& font des*
tifs,) que par les maiſons des Infidelles, pour tacher d'y conuertyr
les Ames, par le zele ardant de
leurs predications, auſſi pleines de
feu que d'amour.

Mais quelque conference qu'il
euſſent, notâment auec les payens,
auſquels il enſeignoient ſi ſoi-
gneuſement les fondemens de la

Religion, & les preceptes de la foy
de IESVS-CHRIST, iamais elle ne ſe
terminoit, que par vne Aumoſne
auſſi notable, qu'ineſperée de ces
pauures errans; laquelle en gliſſant
dans leurs mains, faiſoit auſſi gliſſer
l'Amour, de la deuotion du Chri-
ſtianiſſime dans leurs ames.

Et que ne peut faire auſſi vne
bonne Aumoſne, qui conſiſte en
vn ſecourable & charitable preſent? Sans doute elle peut tout.
Elle gaigne tout!

Riche com-
paraiſon de
l'Aumoſne.
La bourſe de l'Aumoſnier eſt
comme la cruche de Gedeon,
qui à dedans ſoy des lampes ardantes, ou pluſtoſt des Soleils luy-
ſans, qui terraſſent de leur clarté
brillante l'oſt de Madian, ie veux
dire les pechez, & qui triomphent
abondámét des cœurs de ceux qui

font foulagez de fa liberalité. Rien
ne peut faire aprocher l'homme de
plus pres de la diuinité, que cette
vertu de laquelle vn Payen mefme
difoit autrefois.

l'Homme
s'egale ar-
damment
à Dieu par
l'Aumofne.

> *Iaçoit que les Dieux immortelz*
> *(A qui l'on baftit des autelz)*
> *Nous furpaffant en leur effence:*
> *Quand nous vfons de Charité,*
> *Nous fommes faicts en verité*
> *Leurs vrais égaux par la Clemence.*

C'eft vne chofe veritable, qu'il
n'y a rien de fi puiffant deffus les
hommes, qu'vne liberale munifi-
cence. Ce qui de foy fembleroit
autrement imprenable, deuient
enfin d'vn facile accez, auffi toft
que les charmes de cette Reine des
vertus, ont pris l'effor affin de marcher en campaigne. Les dons ou-
urent imperceptiblement les por-

l'Aumofne
peut tout.

tes plus fermées, & gaignent les ames plus reſoluës, auec des preſenſ on flechit tout. Car,

Les dons gaignent les cœurs des hommes & des Dieux,

Iupiter ſe flechit par preſens dans les Cieux.

Iadis il eſtoit expreſſement prohibé parmy les Perſes, d'arborder le Roy ſans quelque preſens, & dans l'Eſcriture ſaincte nous aprenons que Dieu auſſi ne trouuoit pas bon, qu'on ſe preſenta deuant luy dans ſon Temple, les mains vuides. Car il ſe plaiſt a receuoir de nous ces teſmoignages de noſtre amour, quoy qu'il ne ſoit indigent d'aucune choſe, mais tres-riche & tres oppulent, enuers ceux qui l'inuoquent.

Auec cette puiſſante maniere d'agir,

Exod. 22.

Rom. 10.

d'agir, ne vous eſtonnez pas ſi nos deux Saincts gaignerent à IESVS-CHRIST, vne infinité d'ames, & conuertirent pluſieurs Payens qui ſe porterent en apres, tres coura-geux à la deffence, & Confeſſion de la Foy, pour laquelle il eurent enfin le bon-heur, que d'arriuer en peu de temps, à la poſſeſſion de la gloire, paſſants par le Bapteſme ſanglant du martyre.

Le bien de ſoy meſme eſt diffu-ſif, & ſa grace eſt d'autant plus grande qu'elle ſe communique dauantage, la charité des bons ne ſe peut r'eſtreindre en vn ſeul lieu, mais comme elle eſt liberale, elle s'eſtent auſſi touſiours autant qu'el-le trouue de ſainctes occaſions de ſe reſpandre.

Il y auoit en la ville de Gironne

E

vne pareille perfecution qu'a Bar-
Perfecution
à Gironne.
celone, & les fidelles y enduroient,
des pauuretez, des mifetes, & des
calamitez fi grandes, que venuës à
la cognoiflãce des deux Seigneurs,
ils en furent touchez, d'vne fi pitoyable compaffion; que leur charité
propre les condamna d'y employer vne partie de leur affiftance. Il
leur fembla, qu'a mefure qu'on
leur faifoit l'efpouuantable narré,
des fouffrances qu'enduroient les
Chreftiens oppreffez en ce lieu,
Dieu parlât au fond de leurs ames,
les inuitoit par mille douces, mais
tres puiffantes femonces, de courir
au fecours.

Il fe communiquerent tous
deux leurs fentimens fur cette nouuelle entreprife, & pouffez de la
vertu du Sainct Efprit, qui prefi-

doit au priué Conſeil qu'il tinrent *Separation de S. Felix d'auec Saint Cucuphas.*
enſemble pour ce ſujeɕt; il fut con-
clu, d'vne reſolution tres-vnani-
me, que l'vn d'eux s'y tranſporte-
roit, affin d'y apporter les meſmes
aides, & pratiquer les meſmes œu-
res, qu'a Barcelone.

Ils prierent durant quelques iours
là deſſus, afin qu'il pleut à Dieu, par
ſa bonté leur deſcouurir celuy lequel y ſeroit plus profitable; & leurs
Oraiſons ne furent pas inutiles; car *Reuelation celeſte.*
la nuiɕt ſuiuante, ils eurent tous
deux vn meſme ſonge, dans lequel
ils trouuerent des marques tres-
manifeſtes, que le braue Felix y
eſtoit appellé.

Cela fut pour eux vn Arreſt du
Ciel, ſi ſouuerain, qu'ils euſſent
penſé de commettre vn grand cri-
me, d'auoir ſeulement la moindre

penſée, d'en appeller, quoy qu'ils apprehendaſſent extremement la ſeparation de leurs perſonnes.

Les hōmes aprehendēt la ſeparatiō de ce qu'ils aiment.

Il faut aduoüer que les hommes plus parfaits, (auec toute la vertu qu'il peuuent auoir acquiſe par des longues habitudes,) ſe trouuent touſiours des hommes, & comme tels, extremement empechez, lors qu'il eſt queſtion de ſe deffaire corporellement, ou deſ vnir des choſes, qu'ils ont aimées, encor que pour l'amour de Dieu.

Fortior eſt qui ſe, quā qui preſtantia vincit mænia.

Ce fut à ce point ou nos deux Sainɛts qui s'aimōlēt d'vn Amour tres-parfaiɛt, & tres-pur, eurent grād beſoin de ceſte heroïque vertu, qui donne de la force à l'homme, pour ſe vaincre ſoy-meſme, & pour ſe cōmander abſolumēt, contre les repugnances que trouue l'a-

mitié à faire la feparation de ce
qu'elle effecte,

Car comme il eft vray qu'il n'a-
uoient qu'vne ame qu'vn cœur,
qu'vne pareille volonté, auec de
femblables defirs, imaginez vous
vn peu, de cette s'impathie d'humeurs, & de cette conformité de
deffeins ce qui pouuoit refulter; finon, que, fi l'vn defiroit eftre con-
tinuellement aupres de la perfonne de fon amy, l'autre le defiroit
encore d'auantage, de forte qu'il ne
pouuoient penfer à cette dure feparation, que la charité leur com-
mandoit, auec la raifon de l'obeif-
fance qu'ils auoient profeffée aux
volontez du Tout-puiffant, fans
fentir auffi toft de cruelles fecouf-
fes en la partie inferieure, dont la
tendreffe, trouuoit ce paffage auffi

Douleur ex-
treme que
la separa-
tion. rigoureux , que les atteintes de la
mort.

Aussi , est-ce vne verité trop
sensible pour demeurer cachée,
que de toutes les douleurs qui peuuent tyranniser nos ames , celle de
la separation du suject que l'on ay-
me parfaictement, à plus de force,
& de violence, elle surpasse tout.

Vous voyez mesme que les
fleurs, les arbres, & les plantes , tes-
moignent quelque sorte de ressentiment dans leur insensibilité , en
l'absence du Soleil, comme la seule
cause de leur vie. Iugez maintenant de quelle atteinte d'inquie-
tude, & d'impatience , peut estre
blessé vn cœur amoureux, qui ne
vit que de la seule vie de só amour,
lors qu'il se voit esloigné de l'vnique object de ses affections , sans

mentir il n'eſt point de tourment
qui ſoit égal à cette peine. Car,

L'Amour ne veut ſouffrir aucun
   eſloignement,
S'il ne voit ſon objeɕt , il ſeche de tour-
   ment.

            dit vn Moderne.

Or jaçoit que nos deux genereux Athlettes , euſſent eſté par-
faiɕtement reſignez à ſouffrir tous
les tourmens du monde pour l'a-
mour de Dieu, neantmoins, quand
ils conſideroient Dieu meſme ſi
cherement aimé de leurs cœurs, &
ſi fidellement ſeruy dans leurs œuures, il leur ſembloit, que ſon a-
mour qui les auoit ainſi tres-eſtroi-
tement vnis, les deuoit rendre in-
ſeparables, & dans la vie, & dans
la mort : Et partant ils ne pouuoient penſer à ſe deſ-vnir , ſans
            E 4

douleur, fans foupirs, & fans larmes.

Certainement quand ie lis les
regretz de S. Auguftin pour fon
cher Alipires, de S. Gregoire de
Nazianze pour S. Bafile le Grand,
de S. Bernard pour fon bien-aimé
Frere Gerard, ie penfe oüir ces
deux ieunes Seigneurs, qui ne fe
parlent, & ne fe regardent plus
qu'en foupirant fur le fujet de leur
abfence que le Ciel à rendu toute
neceffaire.

Le iour venu, que toutes chofes
eftant difpofées pour le partement
Felix deuoit dire le dernier adieu
à fon cher Cucuphas; Il tâche de fe
feruir de fon courage, & d'employer fa conftance, affin de furmon-
ter les tendreffes, qui luy ferroient
le cœur, & luy noüoient la langue?

Mais c'est en vain, ses yeux ondoyans, le declarent estre reduit a des agonies interieures que son visage exprimoit beaucoup mieux , que ma plume ne les sçauroit descrire.

Cucuphas, le voyant en ce pitoyable estat, quoy qu'il sentit, de sa part , vne rude bataille en son ame , de le voir partir, se força de luy dire en l'embrassant.

Ie souffre auec vn extreme regret (ô mon cher Felix) vostre sensible departie, laquelle me va priuer , en vn instant non seulement d'vn frere, & d'vn amy, le plus aimable, & le plus aimé du monde ; mais encor , ie diray de la meilleure partie de moy-mesme, puisque mon ame, anime plus dans la vostre , quelle aime ; que non pas dans mon propre corps: Mais puis que c'est vn commandement du diuin amour, qui nous oblige à la du-

Adieu de S. Cucuphas à S. Felix.

re loy de la ſeparation , ie veux ſubir a-
moureuſement, & tres-humblement, à
toutes les volontez de noſtre Maiſtre.
Pour lequel, ie ſuis preſt, auſſi bien comme vous, d'aller, de ce pas, iuſques au
bout du monde, ſi le voyage en eſtoit ne-
ceſſaire, pour le ſoulagement des Chreſtiens, & pour ſa plus grande gloire.
Adieu l'intime de mon ame , adieu le
bien-aimé de mon cœur, ſaluez ie vous
prie de ma part nos pauures freres, per-
ſecutez, qui gemiſſent dans les priſons,
& que vous trouuerez, tous deſolez,
dans l'attente continuelle du bon-heur
du martyre, demandez leur pour moy,
que ie participe à l'efficace de leurs prieres, auſſi bien qu'aux merites de vos œuures. Ie baiſe leurs fers, & leurs chaines, auſſi bien que ce front, ces yeux, &
ces jouës aimables. Adieu cher Felix,
Adieu.

Redoublans ces tendres, , & charitables baiſers, la douleur le ſaiſit tellement, qu'elle l'empeſcha de paſſer outre, puis voyant que Felix eſtoit tout noyé de ſes l'armes, il taſcha de ſe retirer d'entre ſes bras? mais il le retint, pour luy dire, de ſa part, ces dernieres, & tendres parolles.

Hà! mon tres-cher, & bien aymé *Adieu de S. Felix à S. Cucuphas.* *Cucuphas ie vous demande pardon, de ces l'armes, qui ſans doute, vous offencent, en vous teſmoignant contre voſtre attente, moins de courage, que de foibleſſe. Mais eſtant vn particulier effet de mon extréme Amour en voſtre endroit, lequel ne ſe peut contraindre, en la violence de noſtre ſeparation: Receuez-les, ie vous prie, en aſſeurance, qu'elles ſont eſpanchées, auec le plus pur, & le plus intime ſentiment,*

que puisse auoir vn amy de ma sorte, au
delaissement d'vne personne de vostre
merite, qui luy est sans mentir, infi-
niment plus chere, que sa propre vie. Ie
ne soupire point, pour aucune appre-
hention que i'aye des tourmens, & des
tyrannies, que ie vay souffrir à Gironne
encore moins, pour la crainte, ou horreur
de la mort : Mais il est vray que ie ne
puis entierement estouffer mes sanglots,
lors que ie pense à ces esloignemés, qui me
va priuer, de la belle ioye que j'attendois
de receuoir à l'heure de nostre Marthyre,
quand vn mesme Bucher, vn mesme
eschaffaut, & vne mesme espée, nous
eust, en vn mesme instant, à tous deux,
enleué le Chef de dessus les espaules.

Helas ! mon cher Cucuphas ! que
l'esperance de cette bien-heureuse iour-
née, que ie souhaittois de voir, auec
tant d'impatience, ma consolé main-

tefois, dans la croyance, de n'estre iamais
separé de vous ? que ie me proposois de
vous dire de belles choses, affin de nous
entr'encourager au glorieux passage de
la mort ? Et voyla toutes mes plus deli-
cieuses attentes esuanouïes, dans la ne-
cessité presente où ie me trouue, de vous
dire vn à Dieu pour iamais en ce monde.

A Dieu donc ! mon tres-Intime !
à Dieu mon cher-frere, en IESVS-
CHRIST ! adieu mon tres parfaict
amy ! las i'espere que la bonté de nostre
doux maistre, nous fera bien-tost la
grace de nous reuoir lahaut au Ciel, où
nos amours plus parfaictement & diuinement vnis que iamais, se trouueront
exempts de souffrir plus aucune separation. Ce sera lors qu'estans infailible-
ment asseurez, Dans l'Estat sublime de
nostre glorieuse fortune, nous nous re-

fioüirons de nos fouffrances , & voyrons
les larmes que l'amitié nous contraint de
refpandre maintenant , efchangées en
des occeans & des abifmes de delices , qui
n'auront autres bornes que celles de l'E-
ternité.

La deffus , ils s'entrebaiferent
encore vne fois , & fe difans tous
deux *A dieu mon-frere* , *A dieu* ils
fe quitterent.

Depart de S. Felix. Le bien-heureux Felix partit,
& s'en alla promptement à Girône
très enflammé de fon Zele incomparable, muny quant & quant, de
ce riche & Pretieux metail, qui fait
toufiours mille merueilles , & no-
tamment , quand il glice en la
main des pauures.

Si toft qu'il y fut arriué , les
Chreftiens virent pleuuoir fur eux
comme vne Manne du Ciel, pleine

de mille Confolations temporelles
& fpirituellles. Il le confideroient
nó plus ne moins que cet Ange de
l'Efcriture qui fecourut le Prophete Helie au defert & le nourrit
d'vn pain cuit fous la cendre apres
l'auoir efueillé deux fois dormant
à l'ombre du Geneure, & fuyant la
perfecution de Iezabel car ils alloient mourans de faim fans fon
affiftance.

Ce braue courage, ne ceffa
iour & nuit, de fadonner aux œuures de la mifericorde, & de la
pieté, fans donner aucune relache
à fon corps infatigable, non plus
qu'a fon ame, occupée affiduelle-
ment à des offices diuins.

Il continua de fi bonne forte
fes charitables pratiques enuers les
Chreftiens, que Dieu l'en voulut

*3. li. des
Rois c. 19.*

*Il continue
fes aumof-
nes à Gi-
ronne.*

en peu de temps recompenſer , le
feſant artiuer ou ſon eſprit ſe deſi-
roit le plus , ie veux dire entre les
mains des tyrans, leſquels ayant eu
le vent de ſes œuures, l'expoſerent à
la rigueur des ſuplices , & à la
cruauté de mille tourmens , pour
luy faire donner du nez en terre, &
le contraindre , de renoncer à ſa
foy, s'il euſſent peu.

Martyre
de S. Felix. Mais le genereux Athlete &
ſeruiteur de Dieu , ſe mocqua de
tous les artifices, que la Barbarie
de ſes ennemis tachoit à tous moment d'inuenter contre luy. Et
comme on le conduiſoit au dernier Suplice, il rioit en allant, &
teſmoignoit reſſétir vne allegreſſe
nompareille de ſe voir entre les
mains des bourreaux.

Les Hiſtoires ſainctes font foy
d'vn

d'vn tres Antien Pere, qui faisoit
sa residence en la Scythie, lequel
estant reduit à l'extremité de la vie
par vne maladie mortelle, se mit a
rire trois fois auant que de mourir ; & comme ceux qui enuiron-
noient son petit lict de paille, furent si curieux de luy en demander
la raison.

I'ay ry, la premiere fois (leur res-
pondit il) de ce que me voyant mou-
rir, i'apperçois que vous entrez en la
crainte de la mort, qui est si delicieuse.
La seconde fois, c'est de vostre folie; puis
qu'en mourant tousiours, vous ne pou-
uez encore vous resoudre a mourir. Fi-
nalement, ie ris de ioye me voyant à la
fin de mes miseres, & au commence-
ment de mes felicitez; & ces mots fu-
rent les derniers de sa vie: N'est-ce
pas mourir delicieusement? ô belle
mort!

P

Ie m'imagine, que le bien heureux Felix en diſoit de meſme a
ceux qui s'eſtonnoient de le voir ſi
ioyeux, aller à la mort comme à
des nopces.

Ne demandez pas auec qu'elle
haute & genereuſe conſtance il
preſta le col au bourreau, puiſque
cette vertu, luy ayant touſiours
fait ſi fidelle compaignie en toutes
les rencontres de ſa vie; on ne peut
douter qu'elle ne l'eut extremement gratifié dás celle de ſa mort.

Viſion de
S. Cucuphas A l'heure meſme, que l'execution s'acheua de ſon tres-heureux
martyre. S. Cucuphas eut vne viſion, dans laquelle il aperçeut ſon
cher amy Felix monter au Ciel,
glorieux, & reſplendiſſant, entre
les bras des Anges, couronné de
Laurier, & portant en la main la

palme de son triomphe.

Il en eut le cœur extremement attendry de ioye & de ressentimét tout ensemble, que si son ame eût esté capable de conceuoir de l'enuie, sans doute qu'il en eut eu grandement, de se voir preuenu par son compaignon, a la conqueste d'vne gloire, qu'il souhaittoit à tout moment, auec autant de passion que de charité.

Mon Dieu (disoit-il) *ce sera quand il vous plaira de destacher les doux ressorts de vostre eternelle, & tres-adorable Prouidence, que i'entreray dans l'occasion de vous témoigner mon fidelle courage, en la souffrance, non seulement d'vn semblable, mais encore d'vn plus grand Martyre, que n'a pas enduré Felix, affin de luy estre associé de fortune en l'autre monde, comme ie luy ay esté*

Desir de S. Cucuphaç

F 2

de noblesse en celuy-cy.

Cependant , ô Seigneur ie vous remercie infiniment , & glorisie de tout
mon petit possible, de la faueur que vous
luy auez faicte. Car il me semble que
desia ie participe en quelque sorte à son
bon-heur. Faictes , mon Dieu, que ie le
suiue bien-tost , & que la mort qui nous
à diuisé de corps en la terre donne passage a mon Esprit , pour s'aller unir
estroittement dedans les cieux à celuy
de Felix , affin qu'auec luy ie ioüysse
de vous , & que tous deux nous chan-
tions vos loüanges eternellement en vostre Royaume.

En suitte de cette belle vision,
Cucuphas ressentit en son ame vn
puissant aiguilon de la gloire , qui
le picqua viuement de pretendre
à vne plus haute ; & ne vous en
estonnez pas puis qu'il desiroit

pratiquer en cela l'aduis de l'Apo- *S. Paul.*
ftre, lequel inuite les genereufes
ames d'enuier par vn excez de charité diuine les honneurs du Paradis, ou les degrez des felicitez & les
demeures de la gloire fe trouuent
auffi diuerfes que les merites.

A ffin d'y paruenir, il tache de *Courage de S. Cucuphas*
releuer de plus en plus les genereux
deffeins de fon inuincible courage & faict comme vn ieune Lyon
plein d'ardeur, qui s'anime apres la
proye, laquelle il deuore defia des
yeux, affriandé qu'il eft au carna-
ge dont il faict fes ordinaires cu-
rées, il bat la terre de fa queuë; &
tremouffant, il s'eflance, pour courir apres plus furieufement que iamais; ainfi cette ame toute fubli-
me, ce cœur en qui l'amour diuin
tenoit vn Empire abfolu, brulant

F 3

de zelle , & defia bien affriandé
qu'il eft a la conuerfion des ames,
fon cher Felix eftant party , le voila, qui plus qu'au parauant, combat
& abbat les ames des infidelles,
par fes aumofnes , & les rauit par le
zelle ardant de fes amoureufes predications.

Si bien qu'on le tient comme
vn celefte prodige des merueilles
de la foy Chreftienne , deuant qui
les courages plus rebelles , & les
ames plus obftinées fe fondent &
liquefient , ainfi que la glace aux
rayons chaleureux du Soleil.

Plin. hift.
nat.   L'hiftorien des fecrets de la Nature à voulu dire, qu'il y a certaines
pierres en la Phrygie , lefquelles
eftant directement oppofées aux
ardeurs des flambantes lumieres,
de ce grand œil vniuerfel , fe fon-

dent en gouttes d'eau, & se distil-
lent en vne tres-douce pluye.

Il n'y a pas beaucoup d'esloi-
gnement de cet effect, à celuy du
bien-heureux Cucuphas, puisque
la lumiere esclattante & l'ardeur
insuportable de ses predications,
auoit la force de dissoudre la dure-
té des ames infidelles, qui dans la *Il conuertit*
conuersion qu'il faisoient du Paga- *les Payens.*
nisme, à la Foy Catholique, espan-
choient ordinairement par les
yeux vne pluye d'ameres larmes,
pour asseûrance tres évidente, que
desormais il n'auoient plus de
cœur, que pour le consacrer a l'a-
mour de celuy qui leur estoit an-
noncé par sa parolle.

Ouy, c'estoit veritablement vn *Il guerit les*
beau Soleil, mais vn Soleil si lumi- *maladies.*
neux, & tellement remply de la

F 4

grace diuine, qu'il faut croire que
ceste grace operoit par luy, la guerison d'vn grand nombre d'infir-
mes, affligez de toutes sortes de
maux.

Le Soleil par sa chaleur viuifie,
& reuigore toutes les plantes que
la rigueur de la froidure, & les iniures de l'hyuer auoient auparauant
mortifiées; Et la grace diuine en
Cucuphas, viuifioit les ames n'a-
gueres mortes dans les glaçons de
l'infidelité, reuigourant aussi quant
& quant, les corps languissans, ex-
tenuez, & mortellement abbatus,
dans les excessiues rigueurs des
maladies. Si bien que personne ne
luy demandoit la santé, lequel
(estant muny de la Foy) ne l'ob-
tint incontinent, au nom, & par la
vertu puissante de Iesvs-Christ.

C'est bien encor vne des plus
grandes merueilles, que Dieu voulut operer par l'entremise de ce
braue Soldat de sa Milice, qu'il
auoit le don de chasser les Demons,
des corps possedez par vne seule
parolle qu'il prononçoit, auec tant
d'efficace qu'ils estoient contrains
de confesser publicquement en sa
presence la vertu de Dieu, laquelle ils cognoissoient souueraine, &
toute puissante pour les bannir.

Il chasse les Diables.

Il y a en Affrique, [à ce qu'on
nous veut persuader] des familles,
lesquelles sont si heureuses, & si
priuilegiées de la Nature, que tous
ceux de leur sang tuent par le souf-
fle de leurs haleines les Serpens, ou
du moins les font fuïr, Et Cucuphas, estant de la vraye famille de
l'Eglise, en combatant pour la foy,

Elin. hist. na

ſoubs les ſacrez eſtandars de ſon
Maiſtre I E S V S, auoit ce priuilege
commun auec les SS. Apoſtres,
que ſa ſeule preſence, par l'haleine
de la parole de Dieu, mettoit les
Diables en fuitte, & les banniſſoit
bien loing des limittes, des terres
des croyans.

S. Paul. 6. c.   Saint Paul la bien dit, que nous
n'auons pas ſeulement a combat-
tre durant tout le temps de cette
vie, (qui n'eſt qu'vne guerre continuelle deſſus la terre) contre les
Princes, & les plus grands du monde; mais encore contre les puiſſances infernales des Princes des tenebres; à l'endroit deſquels il y a
touſiours quelque duel ſecret, ou
quelque luitte occulte à ſoutenir;
Et de l'opiniatreté deſquels, il ne
faut iamais eſperer aucun amende;

ment. Ces esprits de perdition, se
voyans bannis de leurs citadelles
humaines, auec tant de confusiós;
ne pouuant sonner la retraitte des
terres infidelles sans de furieux desirs de vengeance, dans la rage insolente d'vne mauditte Enuie, ex-
citerent à l'endroit du bien-heureux Cucuphas le couroux du Proconsul, qui pour lors estoit vn
nommé Valere estably Lieutenant
de Dacien, lequel ayant apris toutes les merueilles que le Saint auoit
faictes à Barcelone, dépecha quelques soldats enuers luy, pour le faire venir deuant sa face, affin de l'entendre, & le faire subir à ses commandemens.

Ces Ministres de la tyrannie,
s'en vont trouuer le Saint dans la
pratique de ses ordinaires secours

Il est mené à Valere.

enuers les Chreftiens, & luy font
commandement de la part de Valere, de les fuiure.

Auffi toft qu'ils les eut enten-
dus. *A la bonne heure* (dit il) *Allons.*
Allons, ô Meßieurs que ie vous fuis
obligé de prendre la peine de m'apporter
ces aduantageufes nouuelles. I'yray
promptement & fans crainte auec
vous; aßeurez vous de ma perfonne, ie
vous fuiuray tres volontiers pour ce
fujet.

O Dieu ! qui pourroit exprimer icy dignement le grand courage, auec lequel il receut ce commandement, qui d'abord eftoit
capable d'efpouuanter vn homme
d'vne autre trempe. Il voit, il oit,
qu'on le demande, il s'aßeure que
c'eft pour mourir ; & cependant,
au lieu d'en foupirer fon Ame en

treſſault de ioye ! Il luy ſemble
qu'on luy fait plus d'honneur que
que ſi on luy apportoit les nouuelles de ſon eſlection à quelque
haut & tres puiſſant Empire.

Ainſi le braue Socrate, ſçachát *Lacrt. l. 2.* jadis que les Atheniens l'auoient *en ſa vie.*
condamné à mourir , ietta cette
nouuelle, au fond de la plus grande
indifference du monde , diſant,
que la Nature en auoit fait autant
de ſes Iuges.

Et ayant aualé genereuſement *Plato. in* la mortelle Cicuë, *ie dois* (dit-il à *Phedr.*
ſon diſciple) *vn coq à Æſculape,* en
voulant dire, qu'on luy faiſoit plai-
ſir, en tant que la mort le deliure-
roit de tous les maux & les miſeres
de la vie.

Les grands courages , qui ſont
parfaictement zellateurs de la

gloire, ne deuiennent iamais petits à la mort, non plus qu'a la vie.
Ce font des Auftruches qui deuo-
rent, & qui digerent le fer de la
neceffité de mourir. Mefmes ils
vont bien plus auant ; car ils tour-
nent en ris, & en m'efpris cette fa-
talle neceffité de mourir.

Auffi vn Lacedemonien difoit
au Roy Philippe qui menaçoit
ceux de Sparte de rauager leur

Plutar. païs. *He! que peuuent craindre ou re-*
douter ceux la qui meprifent la mort.

Plut. ef Pour moy, ie veux croire que
apoph, def. Damindas auoit raifon, de publier,
Laced. que celuy lequel ne craint pas la
mort, ne craint plus rien.

Et qu'Agis en parloit encore
mieux, affeurant que le mefpris
d'icelle, rend l'homme franc de
foucis, libre de crainte, & ioyeux

pour fortir de mifere.

Puifque noftre fainct, qui des
long temps auoit banni de fon efprit toute aprehéfion des horreurs
d'icelle, affin de faire place à la
meditation de ces delices; la fou-
haittoit de telle forte, qu'il difoit,
(en allant auec les foldats, qui le
conduifoient) ces parolles du Prophete Roy. *Pfal. 118.*

Principes
perfecuti
funt me
gratis,&c.

  Les Princes, ô grand Dieu!
Sans fujet, en ce lieu
Perfecutent mon Ame,
Mais fuyuant voftre loy,
Ie mourray pour la foy
Dont le zele m'enflamme.

  Mon cœur à foupiré
Cent fois, & defiré
Cette heure fauorable;

Ou ie peuſſe courir
Aux tyrans, pour mourir
D'vn treſpas honnorable:

Voicy qu'il en ioüit,
Et qu'il ſe reſioüit
D'vne ſi belle gloire,
Plus, que celuy qui fait
Le triomphe parfaict
D'vne heureuſe victoire.

Ie priſe mon deſtin
Plus haut, que le butin
D'vne riche deſpoüille:
Puiſque ie ne voy rien
Qui retarde mon bien,
Ou qui mon Ame ſoüille!

Grauité du
S. denant le
Tyran.
Il fut donc de la ſorte mené deuant Valere, lequel ſi toſt qu'il eut
enuiſagé le Sainct, (de qui la poſtu-
re agrea-

té agreable , & la grauité maie-
ftueuse , auoit de l'excellence deuant fon Thrône,) il iugea incontinent par la mine d'vn fi noble exterieur de la qualité de fon extraction, & faché du merite de fa pre-
ftance , commença de luy dire en
ces termes hautains.

Hé bien! pauure infensé, demeure- Reproche de
ras-tu plus long-temps enfoncé dans les Valere à S.
erreurs de la Religion? Seras-tu dauan- Cucuphas.
tage rebelle à nos loix ; fuiuant le caprice
de ta ieune tefte ; & les menfonges de ta
folie ? De quel Dieu eft-ce que tu em-
braffes l'honneur ? & cheris fi fort la
deffence ? d'où vient que par vn lafche
mefpris, indigne de ta Nobleffe, tu re-
iettes ainfi les commandemens fouue-
rains de nos inuincibles Princes ? Pour-
quoy reffufe tu de rendre le Culte, que tu
dois à nos grands Dieux?

G

Cucuphas, ſans s'eſtonner aucunement de cette inſolente bou-
tade, montrant qu'il auoit vraiment le cœur noble, & l'ame iuſques là genereuſe, qu'elle ne ſça-
uoit encor que c'eſtoit de craindre, ou de pallir deuant qui que ce
fut, luy fit vne reſponce auſſi verte,
que ſa demande eſtoit cruë, diſant.

Reſponce du
S. à Valere. *Ie m'eſtonne, ô pauure abuſé que tu
és ! de ce que tu me parles maintenant,
de rendre le Culte d'adoration ſouuerai-
ne à des Dieux que ie ne cognois point,
qui ne ſont point, & qui ne conſiſtent que
dans les vaines idées de tes folles imaginations ? Mais encor, eſt-ce pas à ces
ſtupides Idoles, faictes de pierres, de
bois, ou de metail; Hà! que ie ſerois malheureux ! non pas d'adorer ſeulement,
mais d'honorer tant ſoit peu, des ſtatuës
inſenſibles, baſties contre la volonté du*

Dieu que i'adore, (lequel est seul, tout-
puissant, eternel, & souuerain.) Inuen-
tées par vn abominable artifice de la
fraude des Demons, construites, par la
brutale stolidité des hommes, que ie dois
appeller aussi foux dans leurs outurages,
que tu es desraisonnable en tes demandes: Non, non, ne me prens pas pour vn
Idolatre, aueuglé dans les tenebreuses
erreurs qui t'enseuelissent. Ie suis Chrestien qui vois clair en ma Religion, pour
la deffence & profession de laquelle me
voila prest, d'endurer deuant toy mille
& mille supplices.

Cette Responce qui partoit de
la bouche d'vn ieune Seigneur, ex-
trémement passionné pour la querelle de son Maistre, & qui sur tout
faisoit gloire de se professer vn des
soldats de IESVS CHRIST, donna si droictement au cœur de Va-

G 2

lere, lequel eſtoit d'vn naturel fougueux, & tres-actif à la colere, qu'il
prit feu tout incontinent, & poſ-
ſedé d'vne rage qui le tranſporta
tout d'vn coup hors de ſoy meſme,
il dit à ſes ſatellites.

*Valere en
colere le cō-
damne aux
ſupplices.*

*Auez-vous veu l'arrogance de ce
ieune impudent, audacieuſement effron-
té deuant ma face ? Y a-t'il encore au
monde vne inſolence pareille ? il eſt im-
poßible. Oſtez-lé, oſtez-lé ? ie ne le puis
voir ! Quoy i'endurerois ce meſpris ? Hà !
que pluſtoſt le Ciel m'accable de ſes fou-
dres ; où que la mer m'abiſme, au plus
bas de ſes gouffres. Allez bourreaux,
empoignez-lé, battez-lé, tourmentez-lé
de telle ſorte, que vous luy faſsiez bien
toſt rendre l'eſprit.*

Voyez vous la tyrannie en campaigne, à la ſeule rencontre de ces
deux courages, entre leſquels ſe

trouue vne antipathie auſſi notable, que celle des Cieux, auec les
Enfers, de l'Arche d'Alliance, auec
l'Idole de Dagon, du Soleil, auec
les tenebres, de I E S V S-C H R I S T,
auec les Diables. Certes il n'y peut
auoir de paiſible conuention entre
les contraires, oppoſez directement les vns aux autres.

Valere ne peut ſoutenir, ny le
courage, ny la grauité des parolles,
n'y le zelle diuin de Cucuphas ; Il
enrage tout vif, il eſchape à ſoy-
meſme, & ſortant de ſon throſne,
auſſi bien que de la raiſon, apres
auoir vomy milles iniures, il s'en-
fonce dedans ſon cabinet, non plus
ne moins qu'vn Loup garou dans
ſa taniere, pour y mordre ſon frein
plus longuement en ſon dépit. Cependant que les bourreaux ſoula-

E 3

geront ſa felonnie, par l'accom-
pliſſement de ſa vengeance entrepriſe.

Effects de la colere. En cela triomphe la colere, de
n'auoit point de raiſon ; mais ſe
precipitant à val de route, à la pen-
te de ſon mal talent, lors, elle fra-
C'eſt vn torrent. caſſe, bouleuerſe, ſubmerge,
renuerſe, inonde, en traiſne com-
me vn torrent impetueux, bouffy
d'vne ſubite fote de neiges, tout ce
qui fait obſtacle à ſon cours rauiſ-
ſant.

Vn foudre. C'eſt vn foudre, dit vn braue
homme, la ou la colere habite auec
la puiſſance, dont les effects ſont
dautant plus effroyables, qu'ils ſont
extrauagans.

Vn feu. C'eſt vn feu violent qui deuore
auidement tout ce qu'il rencontre.
Vn vent. C'eſt vn vent ſubit dont la roideur

impetueufe , fait vn tel fracas, qu'il
tronçone les plus gros troncs, & arrache les plus vieilles racines.

Vne grefle qui caffe, brife, brule, *Vne grefle.*
les bourgeons , & les fleurs ; qui
froiffe , & pourrit les fruicts , qui
rauage iufques aux herbes.

Mais le faut-il eftonner , fi le
fougueux Valere, conçoit vne telle
colere auec tant d'inhumanité?
N'eft-ce pas l'ordinaire des coüards, d'eftre cruels : Et dés cruels,
d'eftre coüards ? Neron. Phalaris,
Bufire, & cent autres tyrans ont il *Tyrans*
pas efté tres infignement feroces? *font coüards*
Et cependant nompareillement
pufillanimes?

Lit on pas d'Allexandre Tyran
de Pheres, qu'il ploroit comme vne
femme en voyant reprefenter la
tragedie des triftes regrets d'He-

cuba Reine de Troye, & rioit autrefois, en voyant boureler des hommes deuant soy?

Cependant que le cruel & lache Valere demeure enfoncé dans la retraitte que luy fait faire l'effort impetueux du desespoir de sa colere; trois satellites aussi furieux que trois lyons saisissent incontinent le Sainct, & le poussant à coups de pieds hors de la sale, le iettent au milieu de la court, entre les mains de douze soldats, gens de fer & de bronze, attachez iournellement aux carnages, & qui n'auoient autre mestier que les massacres, bouchers de chair humaine, Harpies deuorantes qui le tenát entre leurs griffes, arracherent impiteusement ses habits, & le mirent en chemise; puis le lierent à vn poteau contre

Saisi, il est mis és mains de 12. Soldats.

Il est cruellement flagellé.

lequel attaché, il commença dans
son Martyre, à partager auec vne
partie de cette cruelle flagellation,
que souffrit son Maistre I E S V S à la
Colomne; car comme le commandement du Proconsul, portoit, ex-
pres, de le battre en telle façon
qu'il en rendist l'esprit; Ils s'escauf-
ferent si fort dessus sa peau, qu'en
peu d'heure, ils la mirent en pieces
sans que iamais ils aperçeussent sur
sa face aucune marque de la moindre inconstance du monde.

Au contraire le genereux seruiteur de Dieu se voyant au milieu
de tant de bourreaux battu, greslé,
broyé, de tous costez ; son Corps
tellement ouuert, & rompu, qu'on
en voyoit les intestins, ainsi que la
Palme tache de se redresser, d'autant plus qu'elle est violentement

abaiſſée ; Il eſleuoit ſon cœur au
Ciel , & ſouſriant d'vne feruenur
Angelique diſoit.

Oraiſon du Saint en ſon Martyre.

Mon Seigneur , mon Dieu , mon
eſperance ; mon amour , & mon tout,
cher maiſtre de ma vie mon bien aymé
Ieſus , vous auez faict toute choſe , auec
le ſon diuin de voſtre parole. Ce monde
vniuerſel , & ce qui contient , ne dépen-
dant , que d'vn ſoit faict , que vous
auez prononcé dans l'immenſité de voſtre amoureuſe miſericorde. Seigneur!
vous m'auez faict , & formé d'vne
fragile pouſſiere , & d'vn peu de lymon,
peſtri dans vos diuines mains , ouurieres
des merueilles. Vous mon Dieu , qui
voyez tout & qui me cognoiſſez , com-
battant pour la deffence de voſtre querelle , & pour l'honneur de voſtre nom,
tres Sainct , & tres adorable ; montrez
maintenant voſtre vertu toute puiſſante

aux incredules, & donnez moy le coura-
ge de souſtenir autant , & beaucoup
plus de tourmens, qu'ils n'en peuuent
inuenter pour la deffaitte de ma vie.
Affin que ma patience ſurmonte leur
cruauté, mon zelle leur fureur , ma
conſtance leur fellonie. Et dautant qu'ils
ſe mocquent de voſtre nom , auſsi bien
que de voſtre ſeruiteur , montrez vn ef-
fect de vos merueilles, en la deffenee de
l'vn , & en la glorification de l'autre,
affin qu'ils puiſſent croire en vous,& ſe
conuertir.

Quand à mon intereſt, Seigneur ! Il
eſt nul, & cependant , ie vous ſupplie,
autant que ie puis , de leur pardonner
entierement, ſi peu d'iniure qu'ils me
font. Mais pour l'exaltation de voſtre
Nom, dont i'ay plus de ſoucy, que pour
moy meſme, ſi tant eſt , que ces malheu-
reux ne puiſſent changer , & qu'il ne

soient esleus de vous, pour attaindre à la gloire eternelle : Faicte Seigneur! Faite voir, qui vous estes, & combien il est dangereux de vous mépriser, ou vous faire la guerre en vos seruiteurs, permettant qu'ils perissent, & que Valere, entre les autres sente bien tost, combien sont horriblement pesants les coups de vostre glaiue diuin.

Durant cette feruente oraison, les Ministres de son supplice, s'acharnerent tellement à redoubler leurs coups, que de violence & d'effort, enfin les entrailles luy sortirent du ventre; & cependant les tygres ne furent point touchez de compassion, non plus que le Saint d'impatience.

Le voila, qui trauersant la mer rouge, de son sang; & le Iourdain, de son Martyre, esleue sur la riue

Les entrailles luy tombent.

Exod.

de la terre promiſe, vn grand amas
de teſmoignage de ſa parfaicte
conſtance.

Son ame, en cét equipage, vous
ſemble-elle pas, cette belle fille de *Geneſ.* 31.
Sion, parée de pierreries, & tant
deſirée du celeſte Eſpoux, de laquelle on peut dire, auec iuſte raiſon, que toute pierre pretieuſe eſt
ſa couuerture? *Iſa.* 61.

Non, ce n'eſt pas ceſte Veſtale,
auarement traitreſſe, qui fut acca-
blée des Boucliers des Gaulois, au
pied du Capitole, en punition de
ſa deſloyauté. Car helas! c'eſt bien
pluſtoſt ſa fidelité parfaicte qui
l'accable.

Mais cet accablement luy eſt
dautant plus aduantageux, qu'il luy
va faire achepter le Paradis auec
vne æternité de gloire pour des

souffrances momentanées. C'est
vne belle bouteille pleine d'eau de
senteurs, qui respãd vne tres soüef-
ue odeur, estant cassée.

C'est vn encens brulé, qui par-
fume le monde, c'est vne espice
broyée.

Comme la gresle faict profiter
le saffran, ainsi les coups font profiter nostre Martyr. Pareil à la Myrrhe egratignée ; escrasé qu'il est,
c'est lors qu'il exale doucement sa
plus pretieuse odeur ; & qu'il de-
coule la liqueur plus suaue de la
Charité de son cœur.

Or le Ciel ennemy des courages barbares, & desnaturez? voyãt
que les yeux impitoyables de ces
bourreaux estoient indignes de
voir de si pretieuses reliques par
terre ; les aueugla tous soudaine-

*Les bour-
reaux sont
aueuglez.*

ment, en sorte que les malheureux furent effroyablement estonnez d'estre reduits au beau milieu du iour, dans les plus noires obscuritez des tenebres.

Mais remarquez, que les rigoureux effets de la iustice diuine passerent plus outre, car au mesme instant que ceux cy tomberent en cet aueuglement, le Proconsul Valere abisma soudainement voyant la terre se fendre sous les pieds, laquelle ayant fait vne grande ouuerture l'engloutit tout vif, au grand estonnement de tout le peuple de Barcelone, qui fremissoit d'horreur en la consideration d'vne si subite vengeance arriuée en faueur d'vn Chrestien.

Valere abisme tout vif dans la terre.

Lors le bien-heureux Martyr voyant que le Ciel auoit pris sa def-

fence pour manifeſter aux Infidelles la gloire de Dieu ; voyla qu'a-
uec l'aſſeurance de ſa foy parfaicte,
il reprent luy meſme ſes entrailles, & les remet en ſon ſein, &
diſant ſeulement, ces deux ou trois
paroles *gueriſſez moy Seigneur ! par
voſtre miſericorde, affin que ce peuple
croye en vous.*

Auſſi toſt par vne operation diuine & toute miraculeuſe, les yeux
d'vn chacun des aſſiſtans, le virent
pluſtoſt guery, qu'il n'eut parlé.

Cette merueille tira les cœurs
de tout le monde en de grands ra-
uiſſemens, chacun s'entre regar-
doit, comme paſmé d'aiſe, & d'eſtonnement ; & n'y auoit perſonne
qui n'admirat la puiſſance ineffa-

ble de Dieu, lequel employoit de ſi
grands & prodigieux effects, pour
le ſecours

le secours de son Martyr. Côme ilz
eurent vn peu rapellez leurs sens
en eux mesme, voila que par vn ap-
plaudissement general, chacun
s'escrie. *O graces au Dieu de Cucu-*
phas. Graces au Dieu de Cucuphas. C'est
le Dieu tout puissant, qui faict autant
de merueilles, comme il luy plaist, pour
la deffence de ses seruiteurs.

Le Sainct de son costé, ioignant
ses prieres auec leurs voix; & leuât
les mains au Ciel, rendit graces à
Dieu pour le bon-heur de sa parfaitte guerison, puis leur faisant si-
gne de la main, qu'il leur vouloit
parler, & qu'il luy prestassent silence, il commença de les exorter
efficacement, d'abandonner le
culte des Idoles. Leur proposant,
qu'ils ne les pouuoient aider en aucune façon ; mais au contraire,

Le Sainct
presche.

H

qu'ils faiſoient eternellement petit
ceux qui les adoroient,

Eſt-ce pas grande pitié [leur diſoit
il) de voſtre erreur ! Vous adorez des
Idoles leſquels ont des yeux, & ne voyết
point, des oreilles & ne laiſſent point
d'eſtre ſourds, vne bouche, mais ils ne
parlent point, des narrines & ne peu-
uent flairer aucune choſe, ils ont des
mains en effect, mais ils ne les remuẽt
pas, ils ont des pieds qui ſont immobiles,
& bien qu'ils ayent vne gorge, pour quel-
que mal qu'on leur faſſe, ils ne ſçau-
roient crier.

Pſal. 112.

Simulacra
gentium
argentum
& aurum
opera ma-
nuum ho-
minum.

Mais ces ſimulacres vains que
vous honnorez tant, croyez vous que
pour eſtre compoſez d'vne riche matiere
d'or, ou d'argent, ou de quelque autre
pretieux metail, ils en ſoient plus puiſ-
ſants & plus adorables des hommes ?
Non, ce ne ſont que les foibles effets de

leurs baſſes ouurages, mais ouurages
dautant plus mépriſables, qu'ils ſont a-
cheuez, ſuyuant les creuſes imaginations
de leur fantaſies.

Mais le Dieu que nous adorons, nous autres Chreſtiens, il eſt glorieux, & plein de lumiere dans les Cieux. Ceſt-la ou il faict tout ce qu'il luy plaiſt n'ayãt que ſa volonté pour les bornes de ſa puiſſance.

Deus autem noſter in cælo.

Tous ceux qui le reuerent auec l'homage & le reſpect qu'il luy doiuent, qui le craignent d'eſprit & l'adorent de cœur, certes, ils ont vne ferme aſſeurance de trouuer en luy leur reffuge, Car c'eſt luy qui combat pour eux, & qui les aſſiſte en toute choſe par ſa ſinguliere protection.

Qui habitat in adiutorio, al. Pſal. 90.

Las ! ne nous à til pas fait paroiſtre le ſoing qu'il à de noſtre conſeruation partant de ſignalez teſmoignages: ſa

Dominus memor fuit noſtri.

H 2

dextre extremement liberale des graces
& des biens, n'a telle respandu sur les
enfans de son Eglise vne infinité de benedictions ?

　　　　Et ces benedictions, ne sont pas
tombées sur quelqu'vn des Chrestiens
seulement; tous les fidelles y ont partici-
pé; Et iamais ne s'est veu personne, de
ceux qui l'ayment, lequel ait esté priué
de ses faueurs. Depuis le plus grand, iufques au plus petit, personne n'a pas occafion de s'en plaindre.

Benedixit
omnibus
qui timent
Dominum
pusillis, cũ
maiorib.*

　　　　Que si vous vouliez embraser la
Religion que ie vous annonce, si vous
vouliez viure en la foy de IESVS-
Christ, mon souuerain Maistre, con-
firmez vous d'vne pareille asseurance,
& Croyez, que le mesme Seigneur, qui
me deffent (& ma garanty du Suplice
dont vos yeux ont esté les spectateurs)
vous ombragera, comme l'oyseau, qui
retire ses petits sous le couuert de ses aisles.

Scapulis
suis obum-
brabit,&c.

*Vous n'auez point ſuiet de re-
douter aucune choſe, la verité de ſes pro-
meſſes (qu'il à faictes egales à tous ceux
qui le ſeruiront) c'eſt vn bouclier à l'eſ-
preuue, qui vous preſeruera de tous malheurs.*

Ouy, ces accidens innumerables, que Scuto cir-
les plus aduiſez du ſiecle ne ſçauroient cundabit
te veritas
preuenir ces malheurs impreueus, ou la eius.
*prudence humaine chemine comme en
tenebres, ne vous accueilleront nullemēt,
le Demon de la mortalité qui rode ſur le
midy, paſſera par deſſus vous, ſans que
la verge vous touche. Qu'elle merueille?*

Mais ô peuple! qu'elle allegreſſe aurez Cadent a
vous au fond de voſtre cœur, quand lat. &c.
*vous en verrez tomber mille, voire dix
mille à vos coſtez, cependant que vous
demeurerez touſiours ſains & ſaufs, &
que rien ne vous pourra nuire?*

Que ſi pour l'amour de luy-meſme,

H 3

& pour la deffence de ſa loy, ce bon-heur
vous arriue, que d'eſtre portez à ſouffrir
le Martyre en ceſte vie, aſſeurez vous
de ſon aſſiſtance, & que ſans doute vo-

Momen-
tamen hoc
& lene tri-
bulat.
æternum
gloriæ pô-
dus opera-
tur, &c.

ſtre cauſe ſera la ſienne, qu'il armera
vos courages de patience, en telle ſorte,
que vous rirez au milieu des douleurs,
fortifiez de ſa grace, & remplis d'vne
belle eſperance, de changer ce moment de
peine, a vne gloire auſſi ſublime, &
perdurable, que la meſme eternité.

　　O bien-heureuſe, ô immenſe, ô inef-
fable eternité, las! C'eſt dans le Ciel
qu'on vous poſſede, & non deſſus la terre.
En laquelle il faut batailler, pour y
paruenir, puis que les Couronnes ne
s'y donnent qu'apres la victoire de mille

Non coro-
nabitur ni-
ſi, &c

allarmes?

　　Ha! Peuple! ſi vous la cognoiſ-
ſiez! que vous feriez vne petite eſtime
de ce miſerable monde, auquel on ne

respire que l'air infect, & corrompu des
malheurs d'vne pareille vie.

Conuertissez vous donc, & ie vous
asseure de la part de mon Dieu, que ^{Pſ. 5.}
vous y arriuerez glorieusement, couron-
nez de lauriers, & de Palmes, qui ne fle-
striront iamais, non plus que vos ames,
arrestées au bien heureux seiour, de l'im-
mortalité.

L'Hercule Gaulois à serui d'Em-
bleme à l'antiquité pour faire paroistre comme l'homme Eloquent
attache les oreilles de ses auditeurs
à sa langue, par les chaisnons inui-
sibles; mais intelligibles, de ses
beaux discours, & de ses exquises
parolles : Mais qu'elle eloquence
est comparable, à celle dont noſtre
sçauant Martyr se sert enuers les
ames Payennes?

Il y a eu jadis des superstitieux

qui se font facilement portez a
croire, que celuy lequel auoit la faueur de porter deſſus ſoy, le par-
chemin vierge de la peu d'vn petit
enfant; pouuoit faire des merueilles par ſon eloquence, & que ſans
beaucoup de peine, il attiroit tellement a ſoy tous les cœurs de ſes auditeurs, qu'il eſtoit à ſa diſcretion,
de leur donner telle croyance qu'il
luy plaiſoit.

　　Mais diſons auec plus de verité,
qu'il eſt tres-indubitable que celuy
lequel à reçeu le bon-heur du Ciel,
de porter en ſon ame vne ſeule
eſtincelle de l'amour parfaict, &
de la grace diuine; Il peut par vne
eloquence embrazée du Zelle de
la Foy, conuertir les ames les plus
dures, & gaigner à Dieu, tous les
cœurs plus endurcis, de ceux qui
l'entendent.

Cucuphas n'en portoit pas vne eſtincelle ſeulement, mais vn bra-ſier bien ardant par les flammes duquel il eſtoit capable de mettre le feu par tout ; Auſſi cette belle exortation pleine de feu, fondit non ſeulement les glaçons, de ces ames gelées dans l'infidelité du Paganiſme ; mais d'abondant, eſ-chauffa tellement leurs cœurs, à l'a-mour de la foy & de la Religion Chreſtienne, qu'ils ſe conuerti-rent à Dieu, par la parole de ſon ſeruiteur.

Les Payens ſe conuertiſ-ſent.

Le nombre en fut ſi grand, qu'il en porta de l'admiration par tout, d'où vint que les nouuelles en eſtant paruenuës iuſques aux oreil-les de Maximian, lequel auoit ſuc-cedé à l'office de Valere auſſi bien qu'aſa cruauté. Il enuoya (dans le

Maximian 2. Tyran, fit venir le Saint.

dépit ou il en estoit) des satellites
armez, pour amener le Saint, lié,
& garrotté, deuant soy, affin de luy
donner la confusion de paroistre
comme vn criminel, destiné de
passer incontinent, sous les fureurs
de sa vengeance allumée.

A cruel mandement, trop prompte execution, dit-on volontiers,
& bien à propos.

Psal. 193.   Car les Ministres, semblables aux
Lyonceaux affamez, qui rugissent
apres la proye, se rendirent aussi vi-
tes que Pegases, aupres du saint, &
le saisirent.

Pour ce coup, il fut emmené
d'vne pitoyable maniere, on luy
auoit donné les menottes de fer, &
Il est traif-   de plus on luy auoit chargé & en-
té cruelle-   touré le col d'vne grosse, & tres-
ment.   pesante chaisne, auec laquelle on

le traifnoit comme vne befte, fans
cela, il eftoit encor ceint par le milieu du corps, d'vne autre feconde
chaifne, qu'vn infame fatellite tiroit a grande force, affin de le pre-
cipiter par terre , & fi toft qu'il
eftoit tombé, la fureur d'vn autre
bourreau le faifoit releuer à grands
coups de bafton. Iugez auec qu'elle peine exceffiue, puis qu'il eftoit
tout accablé , du fardeau de fes
fers?

Mais la ioye qu'il a d'eftre ra-
pellé au martyre , & l'efperance
qu'il conçoit d'y mourir , donne
des forces à fon courage, & des aif-
les à fes iambes, pour voller au deuant du fupplice tant defiré.

Si fainct Paul fe glorifioit autre
fois d'eftre lié pour l'amour de I E-
S V S, Cucuphas fe confole d'auoir

Cor. 11.
Il fe glori-
fie en fes
peines.

l'honneur d'eſtre de ſa partie, & les
chaines qui chargent ſon corps
luy ſont ſi pretieuſes, qu'il voudroit eſtre condamné de les porter
(pour l'amour de ſon Maiſtre) iuſques au iour du Iugement!

Plus il approche du Palais du
Tyran, plus il a peur d'aprocher
de la fin de ſes peines. Car l'eſtat ou
il eſt, luy ſemble ſi releué en l'abōdance de ſon amour, qu'il auroit de
la peine de le ceder, affin de voler
en la place des Anges, des Cherubins où des Seraphins du Paradis.

Excellent
traict̄ de S.
Dominique.

Tant il eſt vray que les ames
parfaictes & bien aimantes n'eſti-
ment rien de plus haut & de plus
excellent que les ſouffrances & les
ſupplices, & qui ont pour object le
teſmoignage d'vne parfaicte charité, laquelle porte quant & ſoy la

confommation du pur amour.

On nous rapporte de S. Dominique , qu'il alla au deuant de cer-
tains Heretiques, qui auoient faict
deffein de le tuer en chemin, fe
mettant au hazard de perdre la vie,
pour fauuer leur ame. Et comme a
leur abord ils luy demanderent
qu'eft-ce qu'il fairoit, s'ils eftoient
refolus de le mettre à mort , il leur
refpondit, qu'il les prioit de le faire mourir lentement , affin qu'il
eut le bon-heur de reffentir à loi-
fir, le contentement qu'il y a, d'e-
ftre immolé pour l'honneur de fon
Maiftre.

Ouy veritablement (pourfuit-il)
ie vous prierois de m'arracher les yeux,
de me couper le nez, les oreilles, les bras,
& les iambes, & de me laiffer la langue
pour pouuoir chanter en mourant , la

gloire de mon Dieu, en reconnoiſſance de
tant de graces, dont vous me feriez le
preſent de ſa part.

O diuines parolles ! Mais ce
neſt pas tout, on le menace encore
vne fois de le tuer, il reſpód à ceux
qui en auoient le deſſein, qu'il n'e-
ſtoient pas aſſez meſchans pour
le faire mourir, n'y luy aſſez bon,
pour mériter le Martyre.

Conſiderez vn peu l'allegorie
de cette reſponce, & iugez en
quel degré de perfection il faut
eſtre eſleué, pour porter la qualité de Martyr.

Ce ſont des plus grandes graces,
dont la miſericorde infini e puiſſe
honorer vne ame.

S. ciprian
li. de exor.
ad Mart.

Ouy mourir pour I E S V S-
C H R I S T, c'eſt vn extréme honneur, vne gloire ineſtimable, vne

victoire immaculée , vne mesure infinie, vn tiltre incomparable, vn triomphe eternel & qui n'a point de semblable.

Sainct Cucuphas en à la pensée si haute, dessous les chaisnes, qui luy en donnent l'asseurance: qu'il n'en peut comprendre l'excellence.

Traisné de cette maniere, il est presenté à Maximian , lequel ayant appellé quelques personnes de son Conseil, pour porter iugement contre luy, affin d'vser de ses formalitez ordinaires, il commença de l'interroger, & luy faire des demandes de la Religion. Puis il luy proposa l'excellence de ses grands Dieux, demandant lequel de tous il adoroit.

Lors, ceint, & corroboré qu'il

estoit, de la grace. & de la vertu de Dieu, il respondit de la sorte.

D'où vient que tu me veux mettre en doubte de la Religion que ie tiens ? Pourquoy m'interroge-tu de Dieu, par des propositions incertaines ? Comme s'il estoit vray semblable, qu'il y eut plusieurs Dieux, dont la puissance merita d'estre reuerée, auec autant de diuersité, que les hommes ont d'humeurs bigearres & diuerses ? Où que celuy lequel est vnique en soy-mesme, souffrit tant soit peu d'estre diuisé.

Non, non, ie ne sçay, ie ne cognois, & ie n'adore autre Dieu, que le Seigneur Tout-puissant, lequel à fait le Ciel & la Terre, & tout ce qui est en l'enceinte d'iceux. C'est celuy qui est, vn, simple, seul, & vray Dieu. Ie l'adore dans mon ame, ie le crois de cœur, ie le confesse de bouche, & ie le prescheray tousiours,

touſiours, de toute l'eſtenduë de mes
ſoings; & de la portée de mon eſprit.

A cette Reſponce, Maximian
replique.

Si tant eſt, que ton Dieu ſoit veritable & tel que tu l'annonce, qu'il vien-
ne donc maintenant pour te retirer (s'il
eſt poſsible) de mes mains; Fais qu'il te
deliure des tourmens qui te ſont prepa-
rez. Ie ſuis tout gros de voir cette puiſſance qu'il à de te ſecourir ; & tu feras
bien de le prier, afin qu'il la mette en
pratique, à ton beſoing. Car voicy, qu'il
eſt expedient, que tu adores, tout maintenant, nos grands Dieux immortels,
cù, que tu periſſes mal-heureuſement,
dans les ſupplices, pour les rebellions ar-
rogantes de ton cœur opiniatré.

Replique du Tyran.

Et quelz ſont ces tourmens ! Reſ-
pond le Sainct en ſouſriant, leſquels
tu me prepares ? Penſe-tu bien m'inti-

Le S. ſi mocque des menaces;

I

mider tant ſoit peu, par tes menaces,
auſſi friuolles en mon endroit, que tes
deſſeins ſont inutiles? Hà! vrayment,
ie me mocque de tout ce que tu penſe, &
peux reſuer pour ma ruine : car ie tire
ma gloire, d'où tu pretens auancer mon
infamie, & c'eſt tout le plus grand de
mes deſirs, que d'expoſer ma vie a toute ſorte de tourmens, pour la deffence de
celuy, qui a ſi librement pour moy liuré
la ſienne. Tu te gauſſes de ſa puiſſance
impudemment, & ie diray encore d'autant plus follement, que tu t'imagines,
qu'elle ſoit moindre, que celle de tes I dol-
les, qui eſt nulle en effect. Mais tu pour-
ras bien voir à ton dommage, que la
protection de celuy que i'adore, eſt infaillible, à ceux qui la demandent, & quant
& quant, que ſa puiſſance eſt effroyablement rigoureuſe, à ceux qui la mépri-
ſent indignement comme tu fais.

Helas! que i'ay de pitié de ton erreur!
voyant que tu delaiſſes le vray Dieu,
qui te peut ſauuer toy-meſme, de la dam-
nation en laquelle tu es , pour adorer,
aueuglement, vne infinité de vaines Idol-
les , qui ſont autant d'abominables re-
traittes des demons , qui pipent ton ame
enuelopée en leurs filets.

A peine auoit-il acheué de faire
ces iuſtes reproches au Tyran (qui
penſa deux fois l'interrompre pour
eſclatter en la colere qui le tranſ-
portoit) que voila ſoudain, qu'il ſe
leue de ſon ſiege , auec vn viſage
enflammé , de qui les rides amaſ-
ſées, & le ſourcil reffroigné, ne pre-
ſageoient que des orages ; & commande *qu'on le brule. Mais non [dit-*
il] ie ne veux pas luy donner vn ſuplice
ſi brief , il eſt bien raiſonnable , que ſon
outrecuidance ſoit chaſtiée, par des tour-

Fureur de
Maximian.

I 2

mens, auſſi longs & cuiſans, que ſa langue s'eſt monſtrée enuers moy legerement
prompte, & temeraire.

Cruel Ar-
reſt de Ma-
ximian. Ie veux qu'on l'expoſe deſſus vn gril,
pour eſtre lentement roty, par l'ardeur
des braſiers, & puis qu'on iette deſſus ſes
playes, de la moutarde, du ſel, & du vinaigre, afin qu'il amende, & qu'il adui-
ſe à mieux parler, accommodé dans ceſte ſaulce, voila mon arreſt qu'on l'exe-
cute & promptement.

Eſtrange
couſtume
des Tarta-
res. On dit qu'autrefois en Tartarie
on ne pouuoit aborder le Roy, qu'
premier on ne fut purifié, paſſan
entre deux feux. Voicy noſtre
Martyr, lequel auparauant que
d'eſtre introduit au conſpect Eter
nel du Roy des Rois, eſt traitté
auec vne pareille ceremonie. Or
Il eſt mis
comme S.
Laurens ſur
vn gril. l'expoſe deſſus vn gril, à la rigueu
violente de l'apreté des charbons

&cependant que son corps deli-
cat brule, pour l'amour de Dieu,
d'vn feu materiel, son cœur est deuoré au dedans, d'vn autre feu,
mais tout spirituel qui est le feu de
l'amour de Dieu. Croyez moy que
son gril est vne merueilleuse pierre
de touche, & qu'il va deuenir or
pur, *or d'Ophir*, par vne estrâge chi-
née. C'est bien luy qui peut dire
(& iustement) qu'il va passer au ref-
frigere par le feu. Car le voila pareil à l'Holocauste esleu d'Abel, de
Moyse, de Gedeon, d'Helie, de Sa-
muël, deuoré par vn feu celeste-
ment terrestre.

Il estoit brulant interieurement
& exterieurement; mais la flamme
diuine, auoit bien de l'aduantage
au dessus de l'humaine, la douceur
de celle-là, preualoit la douleur de

celle-cy, celle-là est plus grande,
celle-cy moindre.

Comme il arriue qu'vn tison
ietté dedans vn grand brasier, y est
absorbé : ainsi semble-t'il que la
brulure de son corps ne soit rien,
comparée à celle de son cœur ; le
sentiment de son amour, efface le
sentiment de sa peine, la souffrance
de son martyre, est de l'huile, iettée
dans le fourneau de sa charité; aussi
voyez comme dans les flammes, il
se rit des flammes, il braue le Tyran, il defie les bourreaux, & pour
tesmoigner combien d'allegresse il
auoit dans son ame, d'endurer pour
l'amour de IESVS-CHRIST; Il
luy parloit de la sorte, se seruant de
ce Pseaume, du Roy Prophete,
qu'il recita de bout en bout:

SEIGNEVR *exaucez ma Iuſtice!*
Faictes *que ma priere glice*
Des oreilles, en voſtre cœur:
Ie ne parle point par des léures
Qui ſe démentent, dans des œuures
Qui procedent de la rancqueur.

Dauid.
Pſeaume.
16.
Exaudi
Domine
iuſtitiam
meam.

Que vos yeux (qui percent les ames)
Conſiderent deſſus les flammes
Combien i'honore l'équité:
Eſprouué durant la nuict ſombre,
Au milieu des trauaux ſans nombre,
Ie n'ay point faict d'iniquité.

Ie n'ay iamais voulu médire,
Quoy que i'aperceuſſe à redire
Aux vaines œuures des méchans:
Mais, pour ſuiure vos ordonnances,
I'ay pluſtoſt aimé les ſouffrances,
Que les langues à deux trenchans.

I 4

Arrestez mes pas, dans les voyes
Qui meinent aux sublimes ioyes;
Ie crie à vous, dans mes trauaux:
D'autant, qu'au fort de mon supplice,
Vous vous estes rendu propice,
Me guerissant de tous mes maux.

Maintenant, vos douces clemences
Exalteront mes esperances,
Ie ne craindray rien d'inhumain:
Car vostre grace Paternelle,
Conserue ainsi que sa prunelle,
L'homme qui vit soubs vostre main.

Soubs l'ombre de vos aisles sainctes,
Ie riray des rudes contraintes,
De ceux, qui m'ont tant affligé:
Malgré les Tyrans de mon ame,
Ce corps qui rotist sur la flamme,
Se verra bien-tost soulagé.

M'ayant ietté dans le Martyre,
De peur que leur cœur ne soupire
Touché de mes viues douleurs :
Ils ont abaissé leurs paupieres,
Mais le grand maistre des lumieres,
Aura pitié de mes chaleurs.

Le Lyon, qui court à la proye,
Ses griffes dans le sang ne noye
Auecque tant d'auidité :
Qu'ils ont eu d'insolente rage,
Afin d'esteindre mon courage,
Au milieu de l'aduersité.

Mais Seigneur ! leuez vous de grace !
Montrez les traicts de vostre face
Irritez contre ces peruers !
Supplantez leur outrecuidance,
Et faictes voir en éuidance,
Leurs desseins tombez à l'enuers.

Ne souffrez pas, que la superbe
Fauche nos espoirs comme l'herbe,
Deliurez vos pauures enfans,
Des mains de ces Antropophages,
Voyez vous pas que sans homages
Il vont vos graces estouffans?

Il sont soulz, de tant de Richesses
Qu'il reçoiuent de vos largesses,
Dont ils engraissent leurs nepueux :
Pour moy, voyant ceste abondance,
J'adore vostre Prouidance,
A qui ie porte tous mes vœux.

Car, ie ne sens aucune enuie,
De suiure vne pareille vie;
Ie méprise les biens mortelz :
Mon ame d'amour embrazée,
Sera de vous raffasiée
En la gloire des immortelz!

O que la priere des Iuftes à d'ef- *Petrus 3.*
ficace deuant Dieu, que les tendres
foupirs des ames innocentes, qui
gemiffent dans les douleurs de
leurs afflictions, le touchent de
pres.

Ils ont crié les Iuftes [dit l'Efcri- *Pfal. 33.*
ture] ils ont crié à Dieu, en deman-
dant fon affiftance, & voila qu'il les
à pleinement deliurez, de toutes
leurs amertumes.

Mais noftre Martyr, à crié fans
gemir, ouurant fon cœur à Dieu,
par vn excez de ioye, en fa fouf-
france; C'eft pourquoy, voila auffi,
que le Ciel luy foufrit, & pour luy
tefmoigner vn effect de fa douceur
arrefte l'effort, & la viuacité des
flammes, en fon endroit ; pour les
tourner du cofté de fes ennemis. *Le feu con-*
Car auffi toft qu'il eut acheué fa *fomme les*
bourreaux.

Pſalmodie, on vit le feu s'éparpiller
& les braſiers s'eſpandre de toutes
parts, ſur les miniſtres de ſes peines, qui furent ſoudainement conſommez par leurs ardeurs, & luy de
ſa part, ſe trouua contraint de ſe
laiſſer conſommer au feu de ſon
amour diuin, voyant que celuy
qu'on luy auoit preparé pour le re-
duire en cendre, fuyoit ſon abord.

Il eſt vray que Dieu pour l'eſ-
prouuer, auoit permis du commencement, qu'il en reſſentit quelque
atteinte ; mais ce n'eſtoit qu'afin
d'auoir le ſujet, d'en faire voir le
miracle aux infidelles, car il n'a pas
pluſtoſt parlé, que le voila parfaictement guery, de ſes brulures. Il ſe
releue alaigre, frais & tout ioyeux,

Il ſort des
flâmes plus
beau que
deuant.
du gril funeſte, ainſi que s'il ſortoit
d'vn lit de Roſes & de fleurs. Son

corps estant deuenu, comme l'or sortant de la fournaise, beaucoup plus beau, plus clair, & plus entier, qu'auparauant. Qu'elle merueille!

Cessons d'admirer desormais auec estonnement la proprieté de la Salemandre, & des Piraustes. Car quoy qu'on die qu'elles ayent bien cette particuliere faueur de la nature, de viure parmy les flammes, le Ciel ne fait pas de miracle pour elles, & sortant des ardeurs, elles n'en ont pas plus de gloire, n'y de valeur.

Mais admirons nostre Martyr, & ie vous prie sans faire tort à l'Escriture Saincte faisons vne comparaison, de luy, auec la Manne, la- *Exod. 16.* quelle se fondoit aux rayons du Soleil, & cependant se durcissoit au feu. Car vous le venez de voir tout

liquifié aux rays du diuin amour,
allors meſme , qu'il encrouſtoit ſa
conſtance, au feu du ſupplice.

Eſt-il pas ce vous ſemble vn
beau Diamant, qui s'eſclaircit & ſe
nettoye touſiours de plus en plus,
au beau milieu des flammes , puis
qu'il ſort des braſiers, & ſe leue du
lit de ſon martyre, auec plus d'eclat
& de douce allegreſſe , que s'il ve-
noit des nopces.

Calanus vn des Sages des Indes,
appellé Gimnoſophiſtes, épris d'v-
ne ambition demeſuree , ſe brula
tout vif , deuant ce grand conque-
reur d'Empires Allexandre , pour
luy faire vne foible preuue , de ſa
conſtante vanité, & de ſa vaine có-
ſtance, mais la gloire qu'il emporta
de cette folie s'enuola au vent, quát
& quant la fumee des flammes qui

Ambitieuſe vanité.

le confommerent.

O Dieu! que ce n'eft pas icy de
mefme, noftre Martyr fait vne
preuue fi belle, & fi magnifique de
fon amour, ou fa patience fait voir
fon corps atteint de brulure deffus
vn gril; qu'il en eftonne tout le Paradis. Et le Ciel qui fe plaift à ce
beau paffe-temps, dedans lequel il
le faict paffer maiftre, en l'art de la
conftance, au plus fort des fupplices; fe refout de le referuer, encor
vn peu d'efpace, afin de fe laiffer
rauir vne autre fois, par quelque
nouueau prodige, de fon fidelle
amour.

Eftant donc (comme vn autre
Phenix) forti plus ieune, & plus vi-
goureux de fes propres cendres; fes
ennemis font tellement faifis de
fon aduanture, & du fpectacle ef-

froyable des bourreaux consom-
mez deuant leurs yeux, qu'ils vol-
lent de vitesse, au Tyran Maximiam, pour luy en porter les fune-
stes nouuelles.

Au recit espouuantable de cét
estrange euenement, il entra dans
de si noires pensees, & de si furieu-
ses coleres, qu'il cuida mourir &
creuer de dépit tout sur le champ.

Estrange   Il amasse au profond de son
colere de   ame vn gros tourbillon de rage, de
Maximiam. fiel, & d'amertume, puis conjure
en fureur toutes les puissances de
ses Dieux imaginaires, de l'assister,
au grand dessein qu'il entreprent,
de vanger leur querelle; pour qui
le Ciel, auec la terre, l'air, la mer, les
flammes, & tous les Eslemens, se
doiuent liguer de nouueau (ce luy
semble) afin de le faire venir à
bout de

bout de fon entreprife. Mais ce fera auec aufli peu de fruict & d'effect comme auparauant.

Il fe faict conduire au lieu du fupplice, là, il trouue le valeureux Athlete de I E S V S-C H R I S T, plus frais, plus alaigre, & plus preft de rentrer en la lice des tourmens, que deuant.

Il le regarde comme vn homme effrayé & tout en fufpens d'efprit, qui refue & ne peut deflier fa langue pour parler, tant plus il le contemple, & plus fa contenance le dépite, fa grauité le defefpere, & fa mine ioyeufe le fait enrager. Enfin il vfe de menaces, il amaffe fureur fur fureur, manie, fur manie, employe tout ce que la cruauté luy peut fournir; & tout cela le met fi fort en agonie, qu'il femble à ceux

K

qui le regardent, qu'il eſt plus preſt
d'en mourir, que ſa victime qu'il
penſe perdre.

Cucuphas, qui l'aperçoit trop
empeché dans la fureur & la re-
cerche de quelque nouueau tourment, par vn courage auſſi digne
de ſon zele, que de ſa nobleſſe, entreprent de luy dire hardiment, &
tres-iuſtement.

A quoy te ſert, ô pernitieuſe langue,

Hardie ob-
jection du
Saint.

maudit inſtrument de la calomnie, glai-
ue de Sathan, à quoy te ſert cét inutile
ſoing que tu prens, de me preparer tant
de tortures; doute-tu donc encore que
i'aye moins de patience, à les ſouffrir, que
tu as de fureur pour les inuenter? Non
tout ce que la rage, auec l'aide des De-
mons, te pourra fournir d'inuention
pour me nuire, ſera touſiours trop foible.
Et tes menaces outrecuidées, auront

plustost (par un effect contraire à tes desirs) la puissance de m'animer à rentrer au Martyre, que non pas de m'intimider aucunement, où m'esbranler tant soit peu, dans les resolutions que i'ay prises, de mourir pour IESVS-CHRIST, que tu persecutes!

Ie veux bien, que non seulement tu sçaches, mais encore que tu tiéne pour indubitable, que la tribulation, pour grande quelle puisse estre, les angoisses, les tourmens, la nudité, la faim, le feu, les flammes, les glaiues, les roües, les gibets, les gehennes, les tortures, les cheualets, bref, toutes les persecutions plus cruelles, & plus extrauaguantes, que tu pourrois excogiter, & pratiquer en mon endroit, ne me pourrôt iamais separer de son amour. C'est en luy seul que ie m'arreste, en luy sont bornées toutes mes plus douces esperances; Helas! & c'est luy seul que i'adô-

S. Paul, ad Rom. l. 8.

K 2

re. *Que penſe-tu faire auec tant de me-*
naces? deſquelles ie me ris?

Maximiam picqué.

Il n'y a rien qui picque plus
auant les cœurs enragez des Tyrans, qui ne reſpirent qu'horreurs,
que cruautez, & que carnages: que
le mépris parfait, qu'vne ame genereuſe faict de toutes leurs barbaries, à peine qu'il ne meurent tout
ſubitement, alors qu'ils voyent,
où qu'ils entendent les reſolutions
ineſbranlables, de ceux qu'ils ont
vouëz aux tourmens, & deſtinez
aux maſſacres, pour ſeruir de ſanglant Sacrifice, à leur vengeance.

Maximiam, à ces viues parolles
du Sainct, ne ſe peut plus contenir,
la fureur le trouble ſi fort, la rage
luy enfle le cœur ſi gros, & le cha-
Maximiam entre en manie. grin le ſerre de ſi prés, que penſant
parler, ſa parolle s'eſtouffe entre ſes

dents, les menaces qui fortent à
foule de fon eftomac, precipitent
fa langue, & l'accablent de telle
maniere, qu'elle ne fçauroit pro-
ferer, que la moitié de chacune d'i-
celles, & ce qu'il veut dire eft fi
confus, que les miniftres de fes carnages, ne le peuuent entendre aucunement.

Il gronde, il tonne, il tempefte,
il bondit, il frape du pied fur la terre, il s'arrache la barbe, il efcume
de la bouche, il defchire fes habits,
& voyant que les fatellites effrayez
de fes petulances infenfees, ne font
affez brufques pour le feconder, &
moins actifs, pour les effects de fes
penfées.

Il veut luy mefme, ioüer le per-
fonnage d'vn Maniaque defefpe-
ré, fe rendre le propre bourreau de

K 3

l'Innocent ; & defia il alloit inhu-
mainement fe ruer deffus, iurant
par les Dieux immortels , de l'ef-
trangler, quand fes Satrapes aucunement plus retenus que luy s'ef-
forcerent de l'arrefter, comme in-
dignez de le voir efchapé fi auant,
hors de foy-mefme, que de vouloir
entreprendre fur leur office.

    Alors effrayé qu'il eftoit, il les re-
garde fixement, en tefte , & roüil-
lant les yeux de la fienne , d'vn accent farouche, & pareil a vn ton de

Il condam-
ne le S. au
feu pour la
2. fois.

diable, il s'efcrie *allez donc vifte, pre-*
nez-le promptement ! & qu'on le brule,
qu'on le brule, ie le veux! qu'on le brule.
Il repeta cette effroyable parolle
plus de vingt fois, de fuitte, n'en
pouuant prononcer d'auantage, en
l'extremité des exceffiues rages,
qui le poffedoient.

L'on prepare auſſi toſt vn grand
bucher, afin d'y faire conſommer
à ce coup *le* Martyr de I E S V S-
C H R I S T, & le temps eſt venu(ce
leur ſemble,) qu'il perira ſans plus
de reſource, au mitan des braſiers.
Mais c'eſt en vain qu'on ſe muti-
ne, & qu'on s'allarme à l'endroit
des ames Innocentes, on ne peut
faire perir les Enfans du Ciel; Si
tout le monde, & la nature, ſi la
mer, & les airs, ſi meſme les Eſle-
mens, auec les puiſſances inferieu-
res des troupes infernales, s'eſle-
uoient pour leur eſtre nuiſibles:
tandis que Dieu (comme Pere
ſoucieux de leur ſalut) les prent en
ſa protection, pas vn des moindres
cheueux de leur teſte ne ſe peut
perdre; rien ne les peut eſbranler,
en aucune façon, que l'orage s'eſ-

K 4

leue, alors que la tourmente en est
plus grande, il demeurent plus fer-
mes, & mieux resolus au fond de la
tempeste, vrays Alcyons qui font
leurs nids dessus les vagues, & n'en
craignent point la submersion.

Il est ietté
derechef
dans vn
grand feu.

Ietté qu'il est encore vn coup
parmy les flammes, il ne s'estonne
non plus que s'il estoit au milieu
d'vne fontaine, ietté à dessein d'e-
stre raffraichy au plus fort des ardantes chaleurs de l'Esté, on diroit
que c'est son seul Eslement, & son
vray centre, dans lequel il ramasse
toute la circonference de son
amour. C'est le Sancta Sanctorum,
où faisant en quelque maniere l'office du grand Prestre, il offre à
Dieu l'encens precieux de sa priere, brule sur les charbons ardans de
la charité Diuine, qui le met tout

en flamme au dedans , pluſtoſt qu'au dehors, Car eſſeuant les yeux au Ciel, il s'eſcrie amoureuſement à ſon maiſtre, & luy dit.

Hé bien ! mon bon I E S V S ! me voicy donc, encore vne fois , expoſé pour mourir au milieu des flammes , & ie veux croire, qu'en le permettant , c'eſt peut-eſtre, voſtre diuin vouloir, que mon pauure corps, ſoit enfin conſommé par ce genre de ſupplice. O que ie le deſire ! mon Dieu pourtant ie ne veux rien en ce mõde que ce qu'il vous plaiſt. Car ſi par vne ſeconde merueille auſſi rare que la premiere, vous auiez reſolu de conuertir encor aucunes de ces ames, qui ſont preſentes à mes tourmens , faictes encor vn coup, que i'en eſchape. Secourez moy, s'il vous plaiſt, & me deliurez des braſiers, ainſi qu'autrefois vous auez preſeruez les trois enfans de la fournaiſe.

Il prie au milieu des flammes.

Daniel 3. Chap.

C'est vous Seigneur, c'est vous, qui desirez esteindre les feux Eternels, & les flammes intollerables, ou pouuoient enfin tomber ceux-là mesme, qui croyent en vous, & tout cela se faict par vostre amour, auec le merite ineffable de vostre precieux sang, Eternellement adorable: esteignez donc ces feux, pour vostre gloire, où faictes que ie meure dedans, auec autant de patience, qu'il est conuenable d'auoir d'amour, pour arriuer entre vos mains, ou ie me souhaitte si passionnement.

Les Gentils tenoient que Nemesis obtenoit tout ce qu'elle vouloit de Iupin, le mesme fait la priere de Dieu; C'est vne chaisne d'or auec laquelle nous attirons, la copieuse propitiation; C'est cette vergette de fumée, qui attire du Ciel, le feu du Diuin amour, pour deuo-

Psal. 149.
Cant. 3.

rer le Sacrifice de nos cœurs, car la
fumée n'attire point tant le feu,
comme la priere la grace.

Hà! que vous l'auiez bien dit autrefois à vos Apoftres , mon doux
Sauueur, que tout ce qui feroit de-
mandé à voftre Pere, en voftre nõ, *Ioan. 16.*
& pour fa gloire, il feroit obtenu,
voicy l'effect de cette promeffe,
car auffi toft que Cucuphas à parlé. O cas eftrange! voila que le feu
s'amortit tout a coup , & que les
flammes en reftent , tellement
efteintes, qu'il ne paroift plus rien
du tout de l'incende , le Martyr
n'en fentant pas feulement, vne
petite fumée , non plus que la
moindre brulure du monde.

Ie fais eftat de luy comme de la
pierre Achates, où celle qu'on appelle en Efpagnol *la Laxia* faicte en

façon de gresle, laquelle à cette
proprieté qui traisne des merueilles, non seulement de ne se con-
sommer point au feu, mais encor
de ne se pouuoir pas tant seulement
eschaufer, le feu ne la peut bruler,
ny les chaleurs alterer, elle est à l'es-
preuue des qualitez contraires.

Suetonius. Ainsi jadis le cœur de Germanicus
Empereur de Rome & pere de Ca-
Le cœur de ligula, ietté parmy les flammes ne
Germanicus peut iamais estre consommé, le feu
resté dans le qui auoit desia brulé tout le reste
feu ne brule du corps ne sçeut endommager au-
pas. cunement cette seule piece, tout le
monde bien estonné là dessus, cōme d'vne merueille nō plus iamais
ouye en la nature, on faict assem-
bler les Augures & les Medecins,
afin d'en apprendre la cause, ils
opinerent tous, l'vn apres l'autre,

& en la fin trouuerent, que le cœur de ce Prince, estoit empoisonné, & que la force du venin resistoit au feu, auec tant d'efficace, qu'il n'y pouuoit prendre.

Mais ce n'est pas icy de mesme en nostre Inuincible Martyr, son corps au milieu des ardeurs, & des brasiers, ne brule point, d'autant que son cœur est embaumé diuinement, de l'amour de Dieu, qui brule au dedans d'vne flame pure & celeste.

Pline faict mention dans ses curieuses recherches d'vne autre belle pierre, laquelle à ce credit, que la nature luy donne, d'amortir le feu, diriez-vous pas auec autant d'apparence, que de raison ; que Sainct Cucuphas est cette rare pierre, dure de patience, & toute brillante, & *Plin.*

brulante de charité ; puis qu'il à le
credit de faire eſteindre les braſiers, ſi viuement enflammez pour
ſa ruïne.

Il y à vne eſpece de Lin dans les
terres de l'Vniuers qu'on appelle le
Lin Carpatien qui à cette vertu
eſtrange de ne craindre pas le feu,
& le iette-on dás les fournaiſes afin
qu'il ſe blanchiſſe; ce qui noircit &
conſomme toute autre choſe, conſerue ceſte-cy, & luy donne du lu-
ſtre. Faiċtes eſtat vous qui admirez
cecy que Saint Cucuphas à eu vne
vertu plus excellente, car ſon courage n'a peu eſtre abbatu ny dom-
pté par le feu, les ardeurs qui cau-
ſent les deſeſpoirs aux autres, luy
ont donné toutes les vertus contraires : mille contentemens &
auec cela vne infinité de merites
ineffables.

Il creut estre obligé (comme de
faict,) apres vne si particuliere
merueille, obtenuë par sa priere,
d'en rendre grace au Tout-puissant ; & comme il se considera
compagnon de fortune, auec les
trois enfans de la fournaise ; estant
honoré d'vne pareille faueur, il
voulut aussi entonner auec eux vn
semblable Cantique: disant.

O Belles œuures du Seigneur,
Helas! si vous auez vn cœur,
Benissez sa toute puissance:
Venez Anges qui le seruez
Dedans vos ordres esleuez,
Exaltez sa Magnificence.

Esprits de gloire reuestus,
Cherubins, Throsnes, & vertus,
Entonnez par tout ses loüanges:

Daniel 3.
Benedici-
te omnia
opera Do-
mini Do-
mino, &c.

Les eaux qui sont dessus le Ciel,
Pour l'honorer, coulent du miel
Dessus les aisles des Archanges.

 Soleil, qui luis au Firmament,
Toy claire Lune, au front d'argent,
Et vous, Estoilles radieuses:
Employez toutes vos clartez,
Pour donner au Dieu des beautez,
Des excellences glorieuses.

 Vous le deuez, car les Esprits
Qui sont de son amour épris,
Le beniront par tout le monde:
Les moites pluyes le louëront,
Les rosées l'honoreront,
Auec le Feu, la Terre, & l'Onde.

 Le chaud, le froid, l'Esté, l'Hyuer
Veulent sa gloire releuer
Auecque leur antipathie:
     La glace,

La glace, la neige, & la nuit,
Font que sa puissance reluit
Sans iamais estre aneantie.

La lumiere, qui faict le iour,
Et les tenebres, à leur tour,
Dedans leur suittes compassées;
La foudre mesme, qui là haut
Parle aux nuës d'un rude assaut,
Ont pour son los quelques pensées.

La Terre, n'a point de Rocher,
Qui ne tache de s'approcher
Du lieu sublime de sa gloire:
Auec dessein de l'honnorer,
Les fontaines pour l'adorer,
Coulent des ondes de memoire.

Les Fleuues, & les vastes Mers,
Dans leurs flots doux, & plus amers,
Ne parlent que de sa puissance,

L

Ils ont des flux, & des reflux,
Pour le benir de plus, en plus,
Et prouuer sa diuine essence.

    Les Oyseaux, qui percent les airs,
Ont des ramages gays, & clairs,
Qui luy font vne melodie:
Les hostes sauuages des bois,
Dans leurs especes, ont des voix,
Et font vne Palinodie.

    Qu'Israël donc le loüe aussi,
Que les Prestres dans ce soucy
Ne cessent de luy faire hommage:
Que les Esprits justes, & Saincts,
N'ayent point de plus beaux desseins,
Que benir Dieu, dans leur courage.

    Benissons Eternellement,
Ce Dieu, qui paternellement
Nous à donné l'estre, & la vie;

Benissons son Fils à iamais,
Puis, l'Esprit Sainct, & desormais
N'ayons plus de plus belle enuie.

Seigneur, vous estes dans les Cieux,
Parmy la terre, & en tous lieux,
Beny de toute creature :
Las ! tout loüable, & glorieux,
Vous m'auez faict victorieux,
Sur les Tyrans en ma torture.

Ie vous en beniray tousiour,
Tandis, qu'en ce mortel seiour
Ie pourray posseder mon ame :
Ouy, ie loüeray vostre grandeur,
Sans iamais craindre, pour l'ardeur
Des supplices, n'y de la flamme.

Quel Cygne annonce plus doucement aux sombres Foretz , aux
Rochers & aux vallons , d'vne

voix delicieusement armonieuse,
les heureuses nouuelles de sa pro-
chaine mort? Le Rossignol, se faict
vn tombeau plaisant luy mesme,
dans l'air de ses beaux ramages,
mourant à force de chanter ; &
nostre Martyr voudroit comme
vn autre Oyseau de Paradis, dresser sa sepulture, dans le vent qui
anime ses chansons : afin qu'à l'aide de ses bouffées, son ame surgisse
au port du Ciel, ou ses desirs ont
desia ietté l'ancre de ses esperances
plus douces.

Recitant ce beau Cantique, il
tenoit vne posture si deuotte , &
faisoit si doucement roûler de ses
yeux vne pluye de larmes ; (que la
tendresse de son cœur contraignit
de partir auec l'excez des ardeurs
de son amour,) qu'il n'y eut cœur

si dur en toute l'assistance qui ne luy tint compagnie en son gemissement; Ouy, tout le peuple present soupira, de regret, & pleura de pitié, le voyant soupirer de joye, en rendant grace à Dieu. Le seul Maximiam, demeura sec, lequel plus endurcy que les pierres des monts, & des rochers, ne sentit iamais son ame esmouuoir, de si douces atteintes. Ce nouueau Pharaon, auec vn cœur diamantin resta plus hebeté que les bestes mesmes. Confus, stupide, immobile, & tout anneanti de courage, au fond de son insensibilité brutale ; il ne sçauoit pas seulement où il estoit, ny ce qu'il estoit.

Mais le cry general qui se fit par la populace, aplaudissante au Martyr de Dieu, le resueilla aucune-

Tout le peu-
ple souspire,
pour le S.

Maximiam
insensible.

ment, & comme s'il eut esté tombé
nouuellement des nuës, ou qu'il
reuint de faire vn voyage de l'autre
monde, il demandoit à qui on en
vouloit,

En fin r'apellant ses sens, il vit
bien, que c'estoit vn cry d'admiration, qui releuoit d'autant plus la
gloire du Dieu des Chrestiens,
qu'il auoit d'enuie de l'aneantir.

Celà l'estonna grandement, de
sorte, qu'auec toutes ses inhumai-
nes resolutions, il falut caler voile,
jugeant qu'il ne faisoit pas bon,
pour lors, de passer outre; de peur
d'vne esmotion populaire, qui
pourroit estre dangereuse à sa personne; C'est pourquoy, reseruant
de le faire expedier autrement, à vn
autre iour, il le fit recharger de ses
fers, & de là le fit conduire auec

*Maximian
craint le
peuple.*

*Le S. est re-
conduit en
prison.*

feureté par fes gardes, dans vne tres fombre, & tres-obfcure prifon.

Comme c'eftoit fur la brune du foir , & que les tenebres commençant à s'efpoiffir , efpandoient vn voile de crefpe noir , à trauers duquel on ne pouuoit aifément voir ce qui fe paffoit , en fon endroit, vne partie des fpectateurs, ne le vit pas reconduire en l'équipage , où il eftoit, tout accablé du fardeau de fes chaines ; car ils eftoient tellement touchez de pitié pour fa perfonne, que fans doute, s'ils l'euffent enuifagé dans cét eftat, ils euffent faict tout leur poffible , afin de le retirer.

Mais mon Dieu ! que c'eft vne chofe eftrange, & digne d'admiration, que l'inuincible courage qu'il auoit, allant à la prifon ! les cœurs

mesmes plus resolus ont quelque
fois de l'horreur de s'en approcher,
& il y alloit auec plus d'allegresse,
que ne va pas vn cher espoux, entre
les bras desirés de sa tres-chere es-
pouse le iour de ses nopces.

Zonar. 1.
Annal.
Plut. en la
vie de Cajus
Marius. Il me souuient icy d'auoir apris
dans les histoires qu'vn des Cour-
tisans de Iugurtha, comme on le
descendoit dans vne obscure fosse,
pour luy laisser mourir de faim, par
le commandement du Roy. *Her-*
cules (fit-il) *vos Estuues sont bien frais-*
ches, se mocquant ainsi de sa prison
& de la mort.

Sainct Cucuphas en fait de mesme, & vous diriez, qu'au lieu d'aller à la prison, il s'en va dans vn
Louure auec autant de plaisir, &
d'allegresse que s'il attendoit d'y
estre aussi bien traitté qu'à vn

fomptueux & magnifique ban-
quet.

Les Spartiates, defireux d'vne
mort glorieufe, fe refioüiffoient
ordinairement en allant à la guerre, ils chantoient gaillardement &
joüoient des inftrumens de mufi-
que. Et voicy noftre Sainct, lequel
foufrit en allant aux cachots ; &
mefmes les gardes qui luy conduif-
fent, entendent auec eftonnement
l'harmonie de fa voix, Pfalmo-
diante, qui dit d'vne douceur Angelique.

HElas! mon doux Seigneur,
Que ce peu de rigueur
Que i'endure en la Terre,
Eft douce à mes defirs,
Que ie fens de plaifirs
Au fond de cette guerre?

Parmy les cruautez,
Et dans les nouueautez
Des maux qu'on me prepare :
Si ie veux recourir
A vous, pour ne mourir
Vostre main me repare.

Il n'y à point d'effort,
Qui prouocque la mort
De m'estre impitoyable :
Si vous me deffendez,
Aussi tost vous fendez
Sa rigueur effroyable.

Elle n'a point de dards,
Parmy tant de hazards,
Qui menacent ma vie :
Cependant, ie voudrois,
Qu'elle vsa de ses droix
Et qu'elle l'eut rauie.

Car i'ay mille souhaits,
Amoureux & secrets,
Que ce corps se dissoude :
Pour aller auec vous,
Faicte que son courroux
Promptement s'y resoude.

N'en ay-ie pas raison ?
Las ! que mon Oraison
Puisse en vostre presence :
Monter comme l'encens,
Et que nos doux accens
Touchent vostre Clemence.

Ces mains, que ie vous tends,
Montrant que ie me rends
A vous, comme vne offrande :
Du vespre n'ont-il pas
D'assez puissans appas
Pour ce que ie demande

Les Soldats, l'interrompirent là
deſſus, & d'vn bruſque effort, le iet-
terent dans la priſon ; cinq ou ſix,
demeurerent en garde, afin de le
veiller durant la nuict, ô l'heureuſe
garde pour eux ! & tres-heureuſe
nuict, dans laquelle ſans y penſer
ils vont eſtre illuminez , d'vne lumiere, qui les fera plus clair-voyás,
qu'ils n'ont & n'euſſent eſté toute
leur vie ſans c'eſt empriſonne-
ment. Si toſt qu'il y eſt entré, ſa
porte eſt cloſe deſſus luy , & tout
ſoudain , le voila qui proſterné à
genoux, ſe met en prieres ſi rempli
de feruueur, que vous diriez qu'il à
enuie de faire deſcendre en ſa priſon, tout le Paradis, & de faict durant qu'il continuë, ainſi plein de
zelle, & d'eſperance, d'en attirer
quelque faueur ; Voicy qu'vne

grande lumiere l'enuironne de
toutes parts, & qu'vn precieux
Bausme espanché du Ciel, remplit
le lieu de tant de clarté, & de si suaues
ues odeurs, que les gardes en sont
rauis d'estonnement, & se laissans
emporter aux charmes secrets de
l'vn & de l'autre, ils trouuent en fin
leurs cœurs abismez, en tant de delices, qu'ils souhaittent, que Cucuphas soit éternellement prisonier,
afin de iouïr tousiours des contentemens inouïs, qu'ils ressentent, &
qu'il ne peuuent exprimer, en leur
essence, tant ils l'estiment estre
d'vne qualité parfaicte, & naturel-
lement ineffables.

A ceste excellente vision, dont
le Ciel les honore. Ce ne sont plus
des Satellites, en qui la cruauté fait
sa demeure: ains les voila faicts au-

*Vne grande
lumiere dess-
cent en la
prison.*

*Les gardes
sont rauis.*

cunement pareils à ces Apoſtres
Math. 17. qui jadis enyurez des douceurs
de la glorification de leur Maiſtre
ſur le Thabor, ſouhaittoient d'y
demeurer toute leur vie, & d'y eſ-
tablir meſme des Tabernacles. Et
Dieu qui ſe plaiſt de les attirer à ſon
amour, par l'entremiſe de ſon Seruiteur, adjouſte tant de graces ſur
ſon viſage, & de merueilles ſur ſon
front, qu'il paroiſt à leurs yeux
auſſi luyſant qu'vn Soleil, remply
d'vne Majeſté qui n'a pas ſon ſem-
blable en tout le monde, & comme il eſt impoſſible d'eſtre long-
temps aupres du feu, ſans qu'on ne
ſente la communication de ſa chaleur, ils ſentirent incontinent, leurs
ames s'amolir, de cette dureté barbare, qui les empierroit auparauant, par la participation qu'ils

eurent à cette clarté, dont les rayôs verserent en leur cœur vne vertu secrette, d'aimer celuy, pour le seruice duquel, Sainct Cucuphas estoit orné d'vne si grande gloire.

En fin, parmy toutes ces douceurs rauissantes, ce doigt de Dieu *Les gardes sont conuertis.* qui les vouloit rauir, les toucha si puissamment de sa grace, qu'ils se rendirent à tant de charmes diuins & se conuertirent entierement, à la Foy de IESVS-CHRIST.

Les voyla changez, de bourreaux, en Agneaux ! ô douce metamorphose : les voyla de Tygres & de Loups rauissants, deuenus des Brebis, ô l'heureux changement!

O grand Dieu que vos œuures sont admirables! ô que vous operés le salut des hommes pecheurs, auec bien plus de douceur, qu'ils

n'ont pas mesme de malice à vous
offencer.

Vn esclat de lumiere, vne petite
odeur, qui n'est qu'vn rejalisse-
ment de celles du Paradis, joincte
à la mansuetude de vostre Martyr,
ont vne efficace si sublime, que de
vous acquerir des cœurs, auparauant les plus feroces du monde, &
vos plus grands ennemis dessus la
terre.

La douceur
gaigne tout.

Ainsi jadis Orphée si nous cro-
yons à la Fable, appriuoisa les Fées,
& Amphion anima les pierres par
la suauité de l'harmonie.

Ainsi, dit-on, que le sang tiede
d'vn icune Chéureau, peut amollir
le Diamant, & que l'Aymant par
vn doux allechement, attire aussi le
fer. Que la goutte molle petit à petit & auec douceur caue la pierre
dure.

La

La douceur de Iudith, trauersa *Indit 5.* toute l'armée Aſſyrienne, ſans danger, & fit ce qu'n'eut oſé pretendre vn homme tout armé.

Le Soleil dépoüille l'homme, auec la mignardiſe de ſes rays, ce que ne faict pas l'impetuoſité de la biſe.

Et comme le miel attire les mouches, que le vinaigre eſcarte ; ainſi la douceur ramene les eſprits, que la rudeſſe effarouche.

Vous ſouuenez-vous point de *Tit. Liu.* cette nef dont faict mention Tite-Liue, qui n'ayant peu iamais eſtre eſbranlée partant de tireurs, & de rames, fut ramenée au port, par vne veſtale, auec vn filet : tel eſt l'effect de la douceur Diuine, enuers les pauures Soldats. Ils ont veu cy-deuant des merueilles, arriuées

M

pour la deffence de Cucuphas. Il
ont veu les flammes deuorer leurs
complices, les braſiers eſteins, &
les Tyrans conſommez, ces effects
de rudeſſes pourtant ne les ont
point gaignez, & maintenant vn
traict de douceur, emporte leur
ame, rauit leur cœur, change leurs
volontez, & les diſpoſe à deuenir
des Sainces. O le miracle!

Certes, les cœurs humains ſont

Les hommes
veulent
eſtre menez
doucement.
pareils aux cheuaux genereux, qui
ſe cabrent par les Camorres, & ſe
menent auec vn filet. Et ſembla-
bles à ce roc d'Elide qui ſe remuë
touché du bout du doigt, & demeure pourtant ineſbranlable aux
vehementes impulſions.

Ils s'entreparlent du ſentiment
qu'ils ont de cette joye, qui les con-
ſole interieurement dans les deſirs

du Christianifme, & par vn accord
vnanime, ils le découurent à Cucuphas. O qu'elle ioye pour luy!

Il les entretient tout le refte de la
nuict, par des paroles fi feruentes
de zelle, & des difcours fi pleins de
l'amour de Dieu (leur reprefentant
les merueilles de la Religion Chreftienne, & les douceurs du Paradis)
que l'Aurore leur fembla trop pa-
reffeufe, à ramener le iout, auquel
ils auoient enuie de faire n'aiftre
l'occafion de mourir auec luy, par
la profeffion manifefte de la mefme foy, qui l'expofoit iournellement à tant de fupplices.

Voyant qu'ils eftoient parfaictement touchez, de la vertu de Dieu,
il voulut en faire les actions de graces, en leur prefence.

Mon Sauueur (difoit-il) *ie vous*

M 2

*Action de
grace du S.*
pour la con-
uersion des
gardes.

supplie de tout mon cœur, d'auoir pitié de
ces pauures ames. Helas! vous voyez
bien le besoin qu'elles ont d'estre rassa-
siées du pain celeste de vostre parole, s'il
vous plaisoit, d'y mettre la main pleinement, comme vous le pouuez, ô qu'elles
seroient bien-tost satisfaictes! de la faim
qu'elles ont de vous! ô qu'elles seroient
contentes! de la soif qui les presse, d'estre
recrées de vostre Sang.

Vous estes celuy-mesme qui s'appelle
la vie Eternelle; pour la nourriture des
ames, & la fontaine inespuisable, dont la
source est d'eau viue, pour le raffraichis-
sement de ceux, qui sont alterez apres
les celestes contentemens du Paradis.

Ie vous remercie d'auoir operé dans
eux, les desirs d'vne conuersion salutaire; & comme toutes vos œuures sont
tousiours parfaictes, ie m'asseure bien,
qu'ayant commencé auec tant de mise-

ricorde celuy de leur Salut, vous l'ache-
uerez bien-tost, par les voyes, que vostre
bonté trouuera plus expedientes, pour la
perfection de leur bon-heur.

Or tandis que ces belles merueilles se passent ainsi dans la prison, entre Cucuphas, & les gardes.
Maximiam qui n'auoit peu dor-
mir toute la nuict, à cause des gril-
lons qu'il auoit dans la teste, se leue
de bon matin, vient au Sainct, ac-
cópagné d'vne douzaine de bourreaux ; & commande impiteusement qu'on le batte, dos & ventre,
auec des lames de fer, des bastons
remplis de nœuds, & de cloux ; &
auec de puissants nerfs de Tau-
reaux.

Le Sainct
est battu de
lames de
fer.

Les ministres armez de ces in-
strumens de morts , employent
toutes leurs forces , & la roideur de

leurs bras, pour luy faire sentir vne
peine aussi cuisante , que le commandement en est exprez; Il mettent en lambeaux , la tendre & de-
licate chair , du ieune Martyr ; lequel par vne admirable constance,
demeura tousiours,

Immobile , asseuré , comme vn ferme
    rocher,
Que les vents , n'y les flots , ne peuuent
    élocher.

Sa constan-
ce.

Sans s'attendrir aucunemenc
pour leur batture , il a son recours
ordinaire au Ciel, auquel il enuoye
à tout poinct , des regards amoureux , des regrets passionnez d'y
paruenir ; & sa bouche adorant
hautement la Prouidence Eternelle par vn muët silence, il comman-
da à son cœur, de faire l'office de sa
langue , & de parler à Dieu , de si

prés, que sa misericorde l'entende,
afin d'auiser à ce qui touche sa
gloire; aussi bien qu'à la perfection
de son Martyre.

Dans ces eslancemens interieurs, *Ses larmes*
la chaleur de son ame éuaporant *touchent le*
les ardeurs de son zelle, par les fe- *Ciel.*
nestres de ses yeux, fit paroistre
vne petite rosée de larmes, qui tou-
cherent incontinent tout le Ciel,
de compassion, de maniere, que
pour honorer son corps escorché
de toutes parts, qui n'auoit plus
qu'vne playe vniuerselle; il l'enue- *Il deuient*
lope & le traueftit d'vne si grande *si lumineux*
lumiere, qu'il en reçoit la guerison *qu'il est in-*
soudainement, & demeure inuisi- *uisible aux*
ble aux yeux de ses ennemis. *bourreaux.*

Car tout ainsi que le Soleil re-
gardé fixement, offusque de l'a-
bondante, & penetrante clarté de

M 4

ſes rayons, les yeux temeraires de
ceux qui s'oſent opoſer à ſon viſage, ſans la viuacité des aigles: ainſi
les bourreaux demeurent eſbloüis
au brillant aſpeƈt du corps radieux
de Cucuphas, qui iettoit en leurs
yeux de tres-perçantes pointes de
lumieres, & le Tyran meſme, en
reçeut de grandes confuſions, qui
le porterent aux ſincie de nouuelles pratiques.

La premiere qui luy vint en teſte
fut de le faire paſſer par l'eſpée;
mais auparauant, il ſe reſolut de le
contraindre à quelque veneration
enuers ſes Idoles, iurant tout hautement qu'il mourroit pluſtoſt de
malemort que ſouffrir impuné-
ment d'eſtre ainſi tant de fois bra-
ué par vn ieune Soldat & encor
Chreſtien.

Ainsi la cruauté dedans son entre-
prise,
Pense faute d'effect que chacun la mé-
prise.

Mais voyez qu'elle bestise, &
où le porte son aueuglement, apres
auoir en vain employé tant de fortes de supplices, pour le faire venir
à cét effect, & auoir aussi peu auan-
cé que les Danaïdes, lesquelles sont
aux enfers (à ce que content les
Poëtes) condamnées à porter de
l'eau dans vn crible, il croit maintenant triompher de la constance
du Sainct, qui triomphe luy mesme de l'inhumanité de ses barbaries.

Il s'en va donc au Temple com-
mander aux Prestres d'orner l'au- *Maximian*
tel d'vn de ses plus puissans Idoles, *faict orner*
cependant qu'il se va preparer à *les Idoles.*

venir en triomphe , executer les
deſſeins de ſa derniere entrepriſe.
Mais ce ſera pour ſe rendre pareil à
ces feux d'artifices , qui font paroiſtre d'autant plus d'embraſe-
ment, & d'eſclat, qu'il ſont preſt de
ſe perdre, ou de s'eſteindre.

Le Sainct neantmoins au milieu
des lumieres qui l'enuironnent
donnant l'eſſor à ſes deſirs, ſouhait-
te que le Ciel ſoit honoré de la deffaite du Tyran, & qu'il arreſte ſon
triomphe; puis qu'il y va de l'adoration des Idoles, au mépris de ſon
Dieu, à qui ſeul elle eſt vniquemét
deuë, & comme il eſt dans ces pen-
ſées, vne claire & eſclattante voix,

Vne voix du Ciel par-le au Saint. le faict entendre des nuës, qui dit.

*Courage Cucuphas , courage, voicy
l'heure que tu dois triompher de la Tyrannie, demande maintenant à Dieu, ce*

que tu defire ; & il te fera donné felon ta foy.

Helas mon Dieu (dit-il) *que voulez vous que ie vous demande deformais, finon vous mefme ; qu'eft-ce que ie peux encor defirer autre chofe, finon d'eftre auec vous mon doux Iefus ? Où bien, de patir encor, & fouffrir mille tourmens d'auantage, que ie n'ay faict, & tout pour voftre feul amour.*

Ce font là mes fouhaits ! ouy mon Saueur ! ie protefte aux pieds de voftre adorable mifericorde, que ie n'ay pas d'autres defirs : Quand au refte ie defire que voftre volonté foit faicte, accompliffez en moy, ce à quoy voftre Prouidence Eternelle m'a de tout temps predeftiné, voyla ce que ie demande!

Alors tout ainfi qu'és lieux caués & montaigneux, l'on entend quelquefois en profferant des paroles hautes, vn Echo repettant les dernieres syllabes prononcées; cette voix diuine, reitera ce mot dernier, *Demande,* d'où le Sainct connut, que Dieu vouloit, sans doute, qu'il luy fit quelque requeste, & partant il continua de dire.

Demande du Sainct. *Mon Seigneur* IESVS-CHRIST! *corroborez mon cœur, & donnez de la vertu à vostre seruiteur, pour vaincre toutes les pretentions, & les efforts de mon cruel ennemy. & faicte (afin que vostre Nom soit d'autant plus magnifié) que si le Tyran Maximiam ne peut estre conuerty, par vos merueilles, au moins qu'il sente, en sa personne, la pesanteur de vostre bras, & la rigueur de vos vengeances.*

L'effect de cette priere arriua bien tost, car Maximiam, venant de son Palais pour aller au Temple,

deſſus vn chariot de gloire, ſuper-
bement orné, & bien attellé, par le
vouloir de Dieu, tomba de ſon ſiege ſur le paué, & mourut miſera-
blement au milieu de la place pu-
blique, à la face d'vne infinité de
peuple; & les Idolles auſquelles il
auoit determiné de faire offrir des
Sacrifices, croulerent d'ellesmeſme
par terre, & dans vn ſeul inſtant
furent reduittes en pouſſiere. Ce
qui cauſa vn tel eſtonnement aux
aſſiſtans, qu'ils s'eſcrierent encore
vne fois diſants, *ô que le Dieu de Cu-*
cuphas eſt grand? que le Dieu des Chre-
ſtiens eſt admirable? qu'il eſt puiſſant
pour les ſecourir?

Voyla comme finit le Tyran, ſa
malheureuſe, & deteſtable vie; voila comme l'innocence triomphe
de la malice, la conſtance, de la

Mort de
Maximian.

Cris du
peuple.

cruauté, la douceur, de la felonnie.
Voyla comme il faict mauuais de
ſe bander obſtinément contre les
feruiteurs de Dieu ; voylà comme la priere des Iuſtes eſt puiſſante , bref voyla comme la mort
des meſchans eſt tres-malheu-
reuſe ; & que ceux leſquels haiſ-
ſent la iuſtice des bonnes ames,
tombent enfin dans la confuſion
d'vne ruine eternellement abominable de Dieu, auſſi bien que des
hommes.

Quoy qu'vne infinité de Payens,
dans Barcenone, fuſſent extremement effrayez de cette mort inopi-
née , ſi eſt-ce qu'il ne s'en trouuoit
point, qui ne publiaſſent aſſez hautement , qu'il meritoit bien d'eſtre
puny de la ſorte, pour les excez in-
ſuportables, de ſes felonnies , dans

Pſal. 33.

lefquelles il ne tenoit aucune bride
à fes paffions.

La Fable a feint vn Roy (deuo-
rant fes fujets, & les efcorchant
pluftoft que les tondant) changé
en Loup, & l'a appellé Lycaon,
pour enfeigner, que l'homme lequel fe fert de fon authorité, pour
mal traitter les hommes, eft vn
Loup trauefti d'vne figure humaine. Cela femble vifer à la l'ycantro-
pie de ces abominables Magiciés,
qui ne procurent que la ruine, &
deftruction du genre humain.

Tel eftoit Maximiam, qui peut-
eftre eftoit forti de la Lycarnie,
dans vn coing de l'Affrique, ou re-
fidoient les Antropophages, man-
geurs d'hommes. Car rien ne luy
eftoit plus ordinaire que la deffaite
des hommes, fes femblables, def-

*L'homme
cruel eft vn
Loup.*

quels il auoit moins de pitié ; que
n'ôt ordinairemét les Lyons, & les
Tygres ; car ceux-cy , quoy que
feroces , estant appriuoisez deuiennent chastiables, souples, &
disciplinables, mais luy, pour peu
qu'ils estoit offencé , ou pour peu
qu'on vint à luy contredire, en ses
desseins ; il entroit en fureur, & sor
tant incontinent hors des gonds
de la raison, se portoit à des manies
si petulantes , & desreglées ; non
seulement contre les Chrestiens ;
mais encore contre soy mesme,
que , pource suiet, chacun se res-
jouïssoit de sa ruine , & rendoit
graces au Ciel , d'auoir purgé la
terre, d'vn monstre si odieux à la
Nature.

Et le sainct, de sa part, adorant
en sa mort, les effects, de la iustice
                                        diuine,

diuine, prenoit suiect de dire.

A vous, ô benit Seigneur! est deüe la loüange, à vous la gloire, à vous, dis-je, l'honneur, & la seule adoration. Mon Dieu, ie vous rends graces, de ce que vous destruisez ainsi les incredules, & glorifiez ceux qui vous ayment.

Maximiam estant mort, apres luy s'esleua vn certain Ruffin, qui voulant presider en la Cité fit le fin, & s'efforça au commencement par toute sorte d'artifices, & de caresses d'incliner l'Esprit de Cucuphas au culte des Idoles, luy promettant des montaignes dorées, des honneurs, des charges, & des dignitez aupres de luy, de grande consideration, s'il vouloit professer publiquement la Religion des Payens. Mais c'estoit semer en l'air que d'en auoir seulement la pensée

Artifices de Ruffin, enuers le S.

N

car celuy qui auoit tant de fois exposé son corps & sa vie à toute sorte de tourmens, pour la deffence de
la foy Chrestienne ne redoutoit
aucunement de l'exposer encor
de nouueau, à toute sorte de torture, pour demeurer fidellement ar-
resté dans le merite de sa constance ; au contraire c'estoit bien ce
qu'il desiroit auec plus de passion,
que de mourir bien tost pour la
querelle de son maistre crucifié.

Certes, cét Ancien qui dit, que
de tous les animaux sauuages, il n'y
en a point de plus dangereux que
le meurdrier, & des domestiques
que le flatteur, me donne iour,
pour declarer icy, que de tous les
animaux, il n'y en a pas vn de plus
caché, dissimulé, & moins co-
gnoissable que l'homme.

L'homme
est le plus
dissimulé
des ani-
maux.

Au cœur humain, difoit vn bon efprit, ce ne font que cachettes, & que fecrets, recoings, on auroit auffi-toft, & plus facilement fondé toutes les cauernes fouterraines, que defueclopé fes replis, & fes tortuës finuofitez.

Si vous le penfez prendre par l'exterieur, ce n'eft que tromperie; ne vous fiez pas au front de l'homme blandiffant, fon cœur eft le fiege de l'ire, cependant que fes léures en apparence, n'ont que du miel.

Ruffin ne fe feruoit de tant de careffes, & vaines adulations enuers Saint Cucuphas, qu'auec vne intention frauduleufe des paroles diffimulées, & vne refolution la plus abominable du monde, qu'il découurit incontinent. Car des promeffes eftant venu aux mena-

ces inutillement; voyla qu'il se porte en fin, tout d'vn coup, de le condamner à perdre la teste.

Le faux Renard, iugeoit bien
que nostre Martyr estoit de bonne
trempe, & qu'estant noble, il auoit
quant & quant, vne ame releuée,
de hauts desseins, & vn courage
resolu, il ne se trompoit point aussi de iuger, qu'il luy pouuoit encore donner autant de peine qu'aux
deux autres, qui auoient entrepris
vainement de le perdre, & que sans
doute il ne flechiroit iamais soubs
ses commandemens, non plus que
pour les rigueurs de tous les supplices, ausquels il le pourroit condamner. C'est pourquoy il pro-
nonça l'arrest de mort contre luy,
lequel portoit qu'a faute d'adorer
les Idoles, on luy aualeroit la teste

*Arrest de
decollement
contre Saint
eneuphat.*

de deſſus les eſpaules, hors de la ville.

Auſſi toſt que cét Arreſt fut prononcé, le Sainct qui par vne ſecrette reuelation du Ciel, ſçauoir bien qu'il deuoit mourir par l'eſpée, iugea que ſon heure eſtoit venuë, & que ce bien-heureux moment, qui luy deuoit donner entrée à vne Eternité de gloire, s'aprochoit ; & de cette aſſeurance, ſon ame conçeut tant d'allegreſſe, & de joye, qu'il ne pouuoit en retenir l'excez, ſans ſe laiſſer aller à vn reſſentiment déſubilation, qui luy faiſoit dire.

Omme le Cerf las & panthois,
Que le chaſſeur, chaſſe des bois,
Brame apres les eaux des fonteines ;
Je ſens vne ſoif en tout lieu,

Pſal. 41. Quem admodum deſiderat ceruus ad fontes aquarum. 1r4. &c.

N 3

Qui me presse d'aller à Dieu,
Et seche le sang de mes veines.

Quant sera-ce, dy-je, à part moy
Qu'exempt de peines, & d'esmoy,
Ie ioüiray de sa presence?
Iour & nuict, i'espanche des pleurs,
Quand on me dit dans mes douleurs,
Ou est ton Dieu plein de puissance?

Ce reproche m'est si cruel,
D'autant qu'il est continuel,
Que mon ame tousiours souspire;
Apres sa sublime maison,
Ou ie dois en toute saison,
Viure content, dans son Empire.

Là, nous entonnerons des airs,
Là, nous orrons des chants diuers,
Pleins de douceurs, & d'armonies;
Mon ame, ne t'atriste pas,

Laisse toy rauir aux appas
De ces delices infinies !

Espere en Dieu ! car deformais
Ie publiray, que pour iamais,
Il est mon tout, mon salutaire,
Las ! au milieu de mes ferueurs,
Quand ie rumine ses faueurs,
Est-il possible de me taire?

Non, ie me souuiendray tousiour
De toy Iourdain, (& du seiour
D'Hermon, plein de basses collines,)
Ie ne craindray point pour tes eaux,
Car les gouffres, dans leurs caueaux,
Abismeront leurs vagues pleines.

Le Seigneur, és iours plus serains
Montrant les effects souuerains
De sa Clemence Paternelle,
A faict, qu'estouffant mes ennuis,

N 4

Pour luy chanter toutes les nuicts,
Ie n'ay pas sillé la prunelle.

Ie fay mon Oraison de cœur,
Puis d'vn accent plein de vigueur,
Ie luy dis, vous estes mon Pere:
Pourquoy m'auriez vous oublié
Puis que ie vous ay supplié
De me sauuer du vitupere?

Il est vray, que vos ennemis,
(Es mains desquels vous m'auez mis)
Me donnent de rudes atteintes,
Quand me disants, où est ton Dieu?
Il pensent rendre dans ce lieu,
Vos douceurs, en mon cœur esteintes.

Mais non, mon ame, ne crains pas,
Nous allons souffrir le trespas,
Confessant sa gloire infinie:
Seigneur, faictes que sans esmoy,

Ie meure conſtant pour la fòy,
Triomphant de la Tyrannie.

Si toſt que le bruit fut eſpandu
par la ville, qu'on alloit mener Cucuphas ſur vn eſchafaut, pour auoir
la teſte tranchee; vne foule innom-
brable de peuple s'amaſſa, pour
eſtre preſente à ce nouueau ſpectacle, accouſtumée qu'elle eſtoit, à
ne voir que des prodiges arriuer,
pour la deffence de ce braue & genereux Martyr, que le Ciel ſecou-
roit touſiours, aux deſpens des Tyrans, & à la confuſion de leur felonnie.

Auſſi toſt qu'il fut au lieu deſi-
gné pour ſa mort, il demanda à
ceux qui luy conduiſoient, pour
derniere faueur (s'il y en peut auoir
en des bourreaux) d'auoir encor

vne petite espace de temps , pour
dire vn mot au Dieu de son cœur,
par vne briefue oraison ; & cela luy
fut permis. Lors il se prosterna de-
uotement en terre , & en s'age-
noüillant humblement, il dit.

Derniere
oraison du
Sainct.

Seigneur Tout-puissant! ô mon Dieu!
ô mon Sauueur IESVS-CHRIST,
qui par vostre ineffable bonté auez faict
toutes choses. Vous, dyie, qui regnez éga-
lement, auec vostre Pere , dans l'vnité
du Sainct Esprit , faictes moy miseri-
corde , vous sçauez auec quel amour ie
desire mourir vostre fidelle Seruiteur,
vous me voyez reduit à ce dernier &
bien-heureux moment de ma vie , tant
desiré & souhaitté de mon ame: qui sous-
pire il y a long-temps , de se voir vnie
auec vous. Receuez mon esprit en
paix , *prenés-le entre vos mains , puis*
que vous sçauez que ie vous ay tousiours

aymé parfaictement, & defiré de tout
mon cœur, ie me rends à vous, ie fuis à
vous.

A yant acheué fa priere, il tefmoi-
gna de vouloir mourir en noble, ie
veux dire, auec vn courage tres genereux, qui ne fçauoit entendre encor que c'eftoit des aprehenfions
de la mort, non plus que des regrets
de la vie.

Plutarque nous met en auant *Belle ordon-*
que le Legiflateur des Lyciens *nance con-*
tre la crain-
auoit ordonné jadis que ceux qui *te de la*
mort.
ne fe pourroient refoudre à ce dernier paffage, ou nous deuons rendre le tribut à la Nature, ceux-là
feroient enfeuelis en habits de
femme, pour marque de leur foi-
bleffe.

On n'eut peu condamner noftre
Sainct aux effects de cette ordon-

nance , puis qu'il s'aduance à la
mort, auec vne refolution ferme,
vne conftance tres genereufe, &
vn courage plus qu'humain.

Car il se leue d'vne grauité nompareille , & montrant vn vifage
riant , il monte fur l'efchaffaut,
comme s'il eut monté deffus vn
lict de rofes , pour y repofer d'vn
autre fommeil que celuy qui deuoit durer iufques au Iugement.

Ceux qui boiuent de l'eau d'vne
certaine fonteine d'Afie , on dict
qu'ils viuent & meurent touſiours
en riant, quelque grand mal qu'ils
ayent, femblables à celuy que i'ay
leu dans Athenée qui preft d'eftre
executé, fe mit à chanter fon Epi-
taphe, à la mode des Cygnes , ou
bien pareils , aux vieillards des
Céens, qui mouroient en riant &

Athen. li. 4.
diod. ficul.
lib. 17. cap.
24

chantant d'allegreſſes.

Et ceux qui ont la conſcience bonne & bien nette, qui durant toute leur vie ont eu touſiours l'amour de Dieu, profondement graué dans leurs cœurs, ſont ordinairement ſi contens, quoy qu'il leur arriue, fuſſe la mort, que iamais le repos ne s'eſloigne de leur ame, en ce paſſage, non plus que le ris de leurs viſages, miroirs parfaicts d'vne ſaincte allegreſſe.

Qui s'eſtonneroit donc, que S. Cucuphas rioit ſi gratieuſement à l'heure de ſon treſpas : puis qu'au mitan des braſiers, & des flammes, il rioit n'aguere, (comme vn autre Sainct Laurens ſon Prototipe,) de l'impieté des Tyrans, il tire matiere de generoſité, d'où ſans doute, vn plus foible courage que le ſien,

eut tiré sujet d'vn triste decourage-
ment.

Senec. li. 9.
Epist. 68.
Que l'histoire prophane taise
desormais la vaine souffrance d'vn
Mutius Sceuola, dont la patience
fut si grande à ce qu'on dit qu'il en-
dura bruler sa main toute entiere
dans le feu sans se plaindre, main
que Senecque a plus loüée toute
rotie qu'elle estoit, qu'aucune autre, du plus braue homme du monde. Nos admirations sont bien plus
grandes, & plus raisonables enuers
nostre Martyr: car il n'a pas (comme celuy-là) exposé tant seulemét
sa main aux flammes : mais bien
tout son corps, & desia par deux
fois, animé d'vne constance aussi
rare, que tres-admirable; Et maintenant, voicy qu'il preste le col ge-
nereusement au bourreau, tout en

riant, que vous en femble?

Iamais il ne luy arriua de s'efti-
mer plus heureux, qu'en ce poinct
ou il alloit perdre la vie, & donner
tout fon fang pour fon maiftre, qui
luy en auoit donné l'exemple deffus la Croix.

Et comme le braue Scipion, Senec. Epift.
pretendant vne gloire excellente 24.
de fa genereufe fin, difoit en mourant à fes Soldats. *Mes Enfans, il va*
tres-bien à l'Empereur, ô qu'il luy va
bien.

Ainfi Cucuphas trepignoit de
joye fur l'efchaffaut funefte, côtét
qu'il eftoit de fe voir arriué dans
vn Eftat auquel il auoit affeurance
d'acquerir par la mort, vne gloire
auffi releuée qu'elle eftoit inco-
gnuë à fes ennemis, & pour fon re-
gard heureufement infaillible.

C'est pourquoy ne voulant pas
estre inuité, mais s'offrant de soy-
mesme à la mort, il voulut se des-
poüiller de sa propre main, ostant
la casaque, son collet, & ce qui
pouuoit aucunement empescher le
coup fatal, puis se mettant à genoux, d'vne contenance aussi graue
que maiestueuse, reffusant le ban-
deau, que le ministre de la Iustice
luy vouloit mettre dessus les yeux:
il luy dit.

*Paroles
courageuses
du Saint au
bourreau.*

*Non, mon amy, les Martyrs de
JESVS-CHRIST, qui doiuent
aller au Ciel, en receuant l'heureux coup
de la mort, n'ont pas besoing d'estre ben-
dez, leurs yeux ne trouuent rien d'orri-
ble en ce passage, que les plus asseurez
redoutent, comme estant des choses ter-
ribles, la plus terrible qui se puisse ima-*

Aristot.

giner: ils n'ont que le Ciel à regarder,

comme

comme le gitte prochain, qui les attent, plein de delices.

Ce n'est pas la raison, qu'on les empesche de les tenir ouuerts sur leur bonne fortune; s'il appartient d'estre bandéz, ce n'est qu'à ceux qui vont aux Enfers, afin qu'ils n'en puissent si-tost enuisager les horreurs. Laisse moy de la sorte, & quant au reste, acheue le coup de ton office quand tu voudras.

Ayant dict, il joignit les mains, & d'vn visage asseuré voyant venir le coup de la mort, il dit ce dernier mot hautement, *Iesus*, & la teste en vn clin d'œil luy fut enleuée de dessus les espaules benistes.

Mort de S. Cucuphas.

O genereuse mort! ô admirable mort! ô souhaitable mort! ô mort la plus heureuse, & la plus glorieuse qui sçauroit iamais arriuer à vn noble courage, qui faict estat de con-

O

querir l'honneur par la solide profeſſion de la vertu, qu'y a-il de plus
excellent pour le Ciel, de plus venerable pour la terre, & de plus
triomphant en tout le monde?

La teſte fait
trois bonds.

　　Sa teſte eſtant aualée fit trois
bonds deſſus l'eſchaffaut, comme
voulant par vn reſſentiment d'allegreſſe, donner vne aubade de trois
ſalutations, aux trois diuines perſonnes de la Trinité, & ie veux
croire qu'animée encor des ardeurs violentes de ſon extréme
amour, elle veut teſmoigner qu'il a
bien encor ce pouuoir, apres auoir
vaincu la mort, de la faire treſſaillir
& ſauter de joye, dans l'aſſeurance
indubitable de ſa parfaicte victoire.

Grande
merueille.

　　Mais remarquez vn traict digne
de grande admiration, que durant

qu'elle bondiſſoit de la ſorte, elle paroiſſoit ſi claire, lumineuſe, & rayonnante, que vous euſſiez dict que le Soleil meſme auoit quitté ſa Sphere, & fauſé compagnie à tous les Aſtres du Firmament, pour venir en terre danſer de ioye à la mort de Sainct Cucuphas, ſur l'eſchaffaut de ſon martyre.

Cela fut vn grand prejugé de ſa gloire aux Chreſtiens aſſiſtans, qui ſentirent couler au fond de leurs ames, de tres-ſenſibles conſolatiós; mais ce fut aux Payens, vne manifeſte confuſion, dans laquelle ils ne trouuoient que de l'eſtonnemés & ne redoutoient que des celeſtes vengeances ſur leurs teſtes.

Les Poëtes ont induſtrieuſement feint que la belle Nymphe d'A-phné, pour auoir eu de l'horreur, & *Ouid. él metamorphi*

O 2

de la haine tout ensemble, des des-
honneftes embraffemés qu'Apollon recherchoit en fa perfonne, fe
mit en fuitte, & comme elle eftoit
en hazard apparent de tomber entre les mains de fon amoureux
pourfuiuant, les Dieux eurent pitié de fa detreffe, & pour fauorifer
le genereux & chafte deffein qu'elle auoit de conferuer fa pudeur entiere, & la garder inuiolable, la
transformerent en Laurier, arbre
de gloire, & de triomphe, duquel
on a depuis faict des couronnes,
pour en honorer le chef des victorieux.

Mais de quelle gloire, & de quelle couronne affez pretieufe, orne-
rons nous ce grand Martyr, lequel
a fuy de fi loing les vains plaifirs,
pour l'horreur defquels, il a bien eu

le courage d'expofer fon corps à
route forte de tourmés par vn acte,
le premier, & le plus fignalé de la
force, qui fe puiffe imaginer ie
veux dire le martyre, quel Laurier?
& quelle Palme ne luy eft deuë?
pour auoir reietté de tout fon poffible, & detefté de tout fon cœur, l'a-
doration des Idoles Payennes?

Martianus Capella, raconte que *Beau traict.*
les Thebains veneroient autrefois
leur Apollon, fur vn throfne releué de quatre marches, fur chacune
defquelles, il y auoit vn vafe de dif-
ferente qualité. Le premier eftoit
de fer, auec cét Epigraphe, *Tefte de*
Vulcan. Le fecond d'argent, eftoit
infcript, *Ris de Iupin*, d'où iffoyent
Zephire, & Flore. Le troifiefme de
verre, auoit pour infcription *Ma-*
melle de Iunon, iettant du laict. Le

O 3

dernier de plomb intitulé, *Mort de Saturne*, vomissoit des frimas & tempestes.

Ie sçay bien que les Naturalistes rapportent proprement, à cela les quatre Saisons de l'année : mais ie le veux appliquer à l'honneur de nostre Martyr Cucuphas, & ie dis que nous le deuons reuerer, esleué sur le throsne de la gloire, comme y estant monté par quatre degrez, qui sont quatre sorte de tourmens, que ie remarque en son martyre.

Le premier degré de fer, où est escrit *Teste de Vulcan*, que les Poëtes prennent pour le feu, ne me represente-il pas le supplice des flammes, ausquelles il a esté par deux fois exposé?

Le second d'argent, montre-il pas son emprisonnement, auquel il

alloit tout riant, & chantant deli-
cieufement des Cantiques d'alle-
greffes, auffi vous y lifez, non le *ris*
de Iupin, Dieu des Fables : mais le ris
du Paradis, qui luy verfe vn diuin
baufme, & refpand vne lumiere ef-
clattante dans fes cachots.

Le troifiefme de verre, qui parle
du *laict* de la mamelle *de Iunon*, faict
voir affez la cruelle flagellation de
fa chair qui plus broyée que le verre, au lieu de laict, a fait couler vne
grande abondance de fang.

Et le dernier degré, qui eft de
plomb, infcript *mort de Saturne*, ex-
plicque l'eftat arrefté de fon martyre, ou par fa mort, il donne la
mort au temps, en acquerant l'E-
ternité dans le triomphe qu'il emporte deffus la Tyranie : mais ache-
uons.

Il est mis en sepulture occultemét. Les Chrestiens qui estoient presens à cette sanglante execution, prirent le soing si-tost que la foule du peuple fut retirée, de chercher dans les tenebres de la nuict (qui leur estoient fauorables) ses saintes & pretieuses reliques, qu'ils baignerent de leurs larmes, & ausquelles ils donnerent occultement la sepulture, dans la ville de Barcelone.

Il souffrit ce dernier supplice, le vingt-cinquiéme iour de Iuin.

Son corps au bout de quelque temps deuint si venerable à tout le monde, par vne infinité de miracles, (que Dieu par son entremise voulut operer enuers ceux qui visiterent son tombeau) qu'en fin pour satisfaire à la deuotion des Catholiques, il fut enleué de son

premier lieu, pour estre plus honorablement transporté dans vne petite chapelle, qui s'appelle le Bra-
ha, sise dans le bois de Vosage, aupres de Barcelone.

Là, les Chrestiens alloient ordinairement luy offrir des vœux, des
prieres, & des offrandes, & comme *Psal. 67.*
il pleut à Dieu (qui est tousiours
merueilleux en ses Saincts) d'illu-
strer ce petit lieu d'vne grande
quantité de faueurs miraculeuses,
il arriua enfin, que le concours du
peuple s'y fit si grand, qu'à peine,
les Pelerins pouuoient-il auoir le
bon-heur d'y entrer, afin d'accomplir leurs deuotions.

Ie ne peux pas vous deduire
assez particulierement, par le me-
nu, toutes les sortes de guerisons
qui s'y obtenoient, il me suffira de

vous dire , que comme durant sa
vie, il auoit eu ce don de Dieu, de
guerir toute maladie, & que personne ne luy demanda iamais la
santé sans l'obtenir par la foy , de
mesme apres sa mort, il donnoit
son secours & son aide infaillible à

Il faict toute tout le monde. De maniere, que les
sorte de sourds, les aueugles, les boiteux, les
Myracles muetz, les rompus, les estropiez, les
apres sa hidropiques , les lethargiques , les
mort. goutteux, les grauelez, & speciale-
ment ceux qui estoient trauaillez
de la colique , de quelque espece
qu'elle fut, ne visitoient iamais son
sepulchre, & ne touchoienr pas ses
Sainctes reliques inutillement.

Heureux sur tout ceux qui par
vn vray sentiment de la foy se rendoient si sages, & bien aduisez que
de luy demander auec la santé du

corps , celle de l'ame ; ô Dieu ! qui
pourroit exprimer les confolations
diuines , les faueurs celeftes qu'ils
receuoiét par l'entremife du fainct,
qui pourroit bien dire, comme en
bien peu de temps il les rédoit parfaitement fains , & de l'vn & de
l'autre , & que pour l'ordinaire,
ceux-là ne finiffoient iamais la vie,
que dans vn eftat duquel , on ne
pouuoit pas moins efperer, qu'vne
eternelle falutation.

. Plufieurs des plus notable du
monde fe font trouuez fi particulierement fecourus par fes prieres,
& fes interceffions enuers Dieu,
qu'ils ont procuré de toute l'eften-
duë de leur puiffance , de le faire
honorer de tout le monde, & pour
tefmoigner le veritable fentiment
des obligations qu'il luy auoient,

ont fait en forte d'obtenir vne partie de fes Sainds & precieufes reliques, qui ont efté tranfportées par le zelle & la deuotion de nos François, dans le celebre & venerable temple du bien-heureux Martyr & grand Apoftre de la France S. Denys Areopagite, les Paris : où

il y a vne chappelle baftie & construite en fon honneur qui porte fon nom.

Plufieurs attribuent cefte tranflation de Relique de fainct Cucuphas, à Louys premier, fils du grád Charles maigne; Prince veritablement heritier de fon pere, & qui fucceda à fa pieté, auffi bien qu'à fon Empire, d'où l'on a pris fubiet de le furnommer, *Louys le deuot* ; & non fans caufe : car il eftoit tres-Catholique, extrefmement zellé

pour la deffence de l'Eglife, & pour
la protection des Souuerains Pon-
tifes, lefquels le tenoient pour vn
fecond Dauid.

*Baronius
an. 816.
nu, 97.
& feq.
Gen. in
Steph. v.*

On dit de luy , qu'eftant en fa
derniere maladie , il ne mangea
durant quarante iours, autre chofe
finon, le tres precieux & tres adorable Sacrement du Corps de Iefus
Chrift noftre Sauueur , marque
éuidente de fa grande vertu.

Sa mort fut prefagée aux François
par d'eftrange fignes qui parurent
au Ciel , à fçauoir par vn grand
Comette , & par vne Ecclypfe
generale du Soleil , qui voulut
voiler fa face de tenebre, afin de témoigner fon dueil au trefpas d'vn
fi digne & deuot Monarque.

*Gagunius
in eius vi-
ta lib. 4.*

*Il mourut
l'an 840.
au 9. fiecle,
le 72. de fon
aage.*

Durant fa vie , apres auoir affie-
gé Barcelonne , apres fept fepmai-

nes , il la rendit à ſa puiſſance, dans
laquelle viſitant les Egliſes & les
ſainɗts lieux , il trouua le corps
du glorieux Martyr Cucuphas, vi-
ſité & honoré , auec tant de deuotion , pour les continuels miracles
qui ſe faiſoient à ſon tombeau,
qu'il euſt enuie d'auoir quelque
part de ſes Reliques, leſquelles , il
apporta en France , & les fiſt mettre honorablement en l'Egliſe &
& Chappelle, que nous auons dit
cy-deſſus.

*Autre tráſ-
lation de ſes
reliques en
Eſpaigne.* Depuis Iacques Gelmirez , premier Archeueſque de ſainɗt Iacques , en la ville de Compoſtelle,
en emporta vne partie en Galice,
qu'il miſt dans l'Egliſe meſme de
ſainɗt Iacques , l'Apoſtre d'Eſpagne. L'on ſolenniſe tous les ans la
Feſte de la tranſlation , dans ceſte

Eglife, en laquelle fes reliques fonc dans vne chaffe richement efmail-lée.

Le Martyrologe Romain faict mention de fainct Cucuphas. Celuy de Bede, d'Vfuard & d'Adon, en parlent auffi: & mettent fa Fefte au vingt-cinquiefme iour de Iuin.

Les Breuiaires de Tolede, & de Barcelone en font memoire, & Prudence en vne de fes Hymnes.

F I N.

www.ingramcontent.com/pod-product-compliance
Lightning Source LLC
Chambersburg PA
CBHW061447030726
47503CB00005B/1608